走进阳西美丽乡村

邵艳琳 主编

北方文艺出版社

图书在版编目（CIP）数据

走进阳西美丽乡村 / 邵艳琳主编. -- 哈尔滨 : 北方文艺出版社, 2021.6
ISBN 978-7-5317-5121-2

Ⅰ. ①走… Ⅱ. ①邵… Ⅲ. ①纪实文学—作品集—中国—当代 Ⅳ. ①I25

中国版本图书馆CIP数据核字(2021)第089355号

走进阳西美丽乡村

ZOUJIN YANGXI MEILI XIANGCUN

主 编 /邵艳琳

责任编辑 / 张贺然　滕　蕾
封面题字 / 张宜春
装帧设计 / 东莞拓世文化传媒

出版发行 / 北方文艺出版社
邮 编 / 150008
地 址 / 哈尔滨市南岗区宣庆小区1号楼
网 址 / www.bfwy.com
经 销 / 新华书店

印 刷 / 河北华商印刷有限公司
字 数 / 250千字
版 次 / 2021年6月第1版
开 本 / 787 × 1092 1/16
印 张 / 17.25
印 次 / 2021年6月第1次印刷

书 号 / 978-7-5317-5121-2
定 价 / 88.00元

编委会

乡村振兴：阳西交出满意答卷

四月的阳西，草长莺飞，春色渐浓。在上洋万亩西瓜基地，阳西县主管农业副县长、阳西县农业农村局局长、上洋镇党政领导变身网红，与瓜农一起直播带货，两小时卖出上洋西瓜410吨。在织箦镇、程村镇、溪头镇、塘口镇，数千亩南药基地、毛豆基地、香芋南瓜基地、玉米基地，长势喜人，丰收在望，昔日的丢荒地变成了“聚宝盆”。

全县8镇乡野阡陌，时不时可见阳江市委常委、阳西县委书记孙波等党政领导督战脱贫攻坚、乡村振兴等工作的忙碌身影。去年仅孙波一人遍访的村和社区就有129个，累计200余村次，接近走完全县所有村居，他们带领全县1000多名党员、干部深入广阔的农村到挂点农户家中唏寒问暖，谋划农村新一轮发展。

光伏发电扶贫产业

经过村提名、户确认、村公示评议、镇复核、县审议、市备案等程序，阳西县在全省率先实现余下贫困人口脱贫退出，工作经验在《广东脱贫攻坚工作动态》刊发推广。

2019 年以来，阳西县贯彻落实中央和省委、市委的决策部署，把实施乡村振兴战略摆在突出位置抓紧抓好，聚力攻坚“五大保障”，乡村振兴工作取得明显成效。

产业引擎激发发展动能

打赢脱贫攻坚战是实现乡村振兴的前提和基础。近年来，阳西县委县政府举全县之力坚决打赢脱贫攻坚战，成立阳西县决战决胜脱贫攻坚指挥部和各镇、村决战决胜脱贫攻坚作战室，县委主要领导坚持一周一会一研判，制定稳定脱贫和扶贫资产管理长效机制，成立县扶贫资产发展有限公司，落实“一户一策一档案”，挂图作战、对账销号。

在省扶贫办推介的阳西脱贫攻坚工作经验中，该县大力发展现代农业产业的做法与成效尤其亮目。截至目前，阳西县已成功申报国家级海洋牧场示范区，蓝色海湾项目评分位列全省前两名，程村镇入选全国农业产业强镇，省数字乡村发展试点申报材料已报省审批。成功创建荔枝、程村蚝省级现代农业产业园，自行评选30个县级农业产业园。实施扶持壮大村集体经济“三个三”政策，对村集体土地统一流转后，合法连片发展产业经营面积达300亩及以上，由县按照300元/（亩·年）的标准，连续3年每年给予村集体一次性奖补，力争2021年实现行政村集体年均收入达5万元以上。出台“政银通”农业贷款，县财政贴息80%，解决农业企业“融资难”问题。制订乡村旅游补贴方案，给予旅行社送客入村奖补。

此外，加快数字农业示范县建设，也是阳西县以产业发展为引擎，激发乡村振兴发展功能的“助推神器”。据了解，该县打造“一馆一云四园”数字农业示范项目，2020年5月10日前全部建成投用。推动“一村一品、一镇一业”短视频矩阵全覆盖，与新浪、腾讯微视、西瓜视频、一亩田等企业签订战略合作协议，首次在广州、北京举办招商推介会，举行中国调味品之都·第一届调味品展销会和首届半程马拉松赛。探索推进荔枝等特色农产品“12221”市场营销，参与“百县直播助农”计划，130名本地网红直播带货助力辣椒、莲雾、玉米等农产品，由滞销转为供不应求、价格提升。

人才支撑汇聚发展活力

实施乡村振兴，农民是主体，人才是关键，需要努力培养造就更多爱农业、懂技术、善经营的新型职业农民。而随着城镇化进程加快，大量青壮年劳动力离开农村，农民老龄化、农村缺人才和留不住人的问题日益严重。

为此，阳西县创造条件，致力加强本地人才培育。首先，实施乡村专业人才培育工程。培育 312 名新型职业农民，招募 10 名“三支一扶”大学生，招聘 17 名基层医疗技术人员，参加全市“粤菜师傅”决赛获得总分第一名。通过这些乡村专业人才的培育、引领，带动了全县 8 镇 120 多个行政村数以千计的新型职业农民。其次，建立数字农民培训体系。打造数字农业培训基地、数字农业大学堂，利用数字新技术举办农业线上技术指导、网络直播培训。此外，推进科技人才下乡。建成全市首个县级 2000 多平方米的人才驿站，促成美味源、永光刀剪与高校科研机构签订协议，11 家企业被认定为市级工程技术研究中心。

文化依托提升服务水平

文化雕塑、健身器材、篮球场……塘口镇横山村新建成的文化公园里，美轮美奂，一派生机。白天孩童草坪上嬉戏打闹，傍晚茶余饭后，绿道上人们结伴成双，细数平凡琐碎的一日点滴，尽显邻里相亲和睦。每逢月末或过节，县镇宣传文化部门总会送戏下乡，给村民带来文化盛宴和欢娱。横山村是省定贫困村，同时也是广东省委组织部列的第一批省定"红色村"。近年来，横山村得益于阳西县大手笔实施乡村振兴战略的有力举措，党建文化和乡风文明建设相得益彰。

乡风文明建设既是乡村振兴的重要内容，也是乡村振兴的推动力量和软件基础。提升乡村振兴的服务水平，既要传承优秀文化，更要发挥好先进文化的引领作用。为此，阳西县充分尊重乡村本位和农民主体地位，加强农村先进文化阵地建设。县、镇、村全部成立新时代文明实践中心（所、站），程村镇委党校、织篢镇大泉村委会入选市级试点单位，建设县委党校横山分校、边海分校。据悉，近年来，阳西县开展移风易俗行动，制订村规民约，评选出文明村 8 个、五星乡村 24 个、五星家庭 200 个。

生态抓手改善人居环境

以生态文明引领乡村振兴，让乡土文化回归并为乡村振兴提供动力，让农耕文化传承并使生态文明弘扬创新，阳西县正在书写新时代答卷。

全域推进农村人居环境整治。近年来，阳西县深入开展“三清理三拆除三整治”，建设小菜园、小果园、小花园、小公园，全面清理沿河沿路、房前屋后、村巷道路、沟水池塘，加强农村垃圾保洁和转运，全县配备748名农村保洁员，农村生活垃圾转运市场化处理，建设完成农村公厕243座，农村面貌焕然一新。

补齐农村基础设施短板。2019年以来，该县召开两次镇域发展现场会，安排2.7亿元支持镇域发展。去年县本级财政再投入至少2亿元专项资金用于农业农村发展。投资4.2亿元实施的引陂供水工程和村村通自来水工程已全面推进，谋划陂底水库大坝加固加高扩容工程，两年内将实现全县城乡供水一体化。招标4.5亿元采用PPP模式整县推进镇村污水处理设施建设，剩余4个镇污水处理厂将在9月底前投入运行。

全面开展生态宜居美丽乡村建设。截至目前，全县已推进“红黄蓝绿紫”5条风景道建设，桐油山绿道和上洋古驿道已动工建设。建立村庄导示系统，启动304个美丽乡村建设，打造35个省定贫困村示范村，阳西滨海风光游入选首批省乡村旅游精品线路。125间村卫生站全部建成，医共体建设荣获广东医改十年十大创新典型，全省现场会在阳西召开，成为全省唯一医保支付方式综合改革试点县，真正从体制机制上实现从“以治病为中心”向“以健康为中心”转变，经验在全省全国推广。

组织保障夯实治理根基

打赢脱贫攻坚战，深入实施乡村战略，要求农村基层党组织要以组织振兴为保障，夯实乡村振兴治理根基。去年以来，该县推进基层党组织建设三年行动计划，大力实施“头雁”工程、南粤党员先锋工程、“党员人才回乡计划”，村“两委”班子成员备案管理制度和联审制度，软弱涣散党组织转化升级工作经验获评广东省基层党建优秀创新案例。在此基础上，县委敏锐地提出要弘扬“边海红旗”精神，推进党旗红党建全覆盖。在全县农村基层党组织，掀起“党群连心，勇立潮头”党旗红党建主题活动的热潮，进一步唤起全县广大党员干部群众的历史使命，凝聚起决战决胜脱贫攻坚、深入推进乡村振兴战略的磅礴力量。目前，全县已建成一村一党建公园和横山红色教育基地，边海党旗红党建教育基地已完成招标正在施工。全面建成149个党群服务中心，1.1万个共产党员户挂牌亮身份，建立县、镇、行政村、自然村四级微信群，所有村居上线“党建为村”，打通联系服务群众的“最后一公里”。

近年来，阳西县创新在所有镇和行政村，均建立党代表工作室、人大代表联络室、人民调解员调解室、公共法律服务室、志愿者服务室“五室合一”的基层矛盾纠纷调解机制，推进基层派出所“六项任务”和十项制度标准化建设，组建3万余人的平安志愿者队伍、576名人民调解员队伍。2019年全县调解案件2477宗，调解成功率达95%。这无疑是阳西县铁腕加强基层社会治理的“典范”，深得广大群众好评。

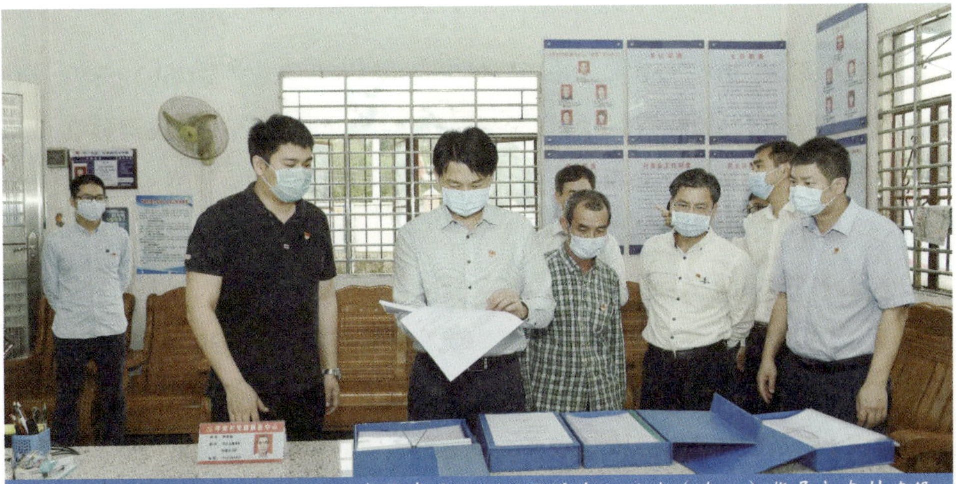

阳江市委常委、阳西县委书记孙波（左三）指导新农村建设

而阳西县实施村级后备干部培养工程，注重基层一线选拔，也进一步夯实了基层治理根基。全县选聘 30 名 30 岁以下的后备干部，配备 298 名党组织书记储备人选，选聘 179 名在职和退休干部回乡担任党组织第一书记、党建指导员和乡村振兴指导员，当好推动发展的“领头雁”、基层党建的“引路人”、农村群众的“贴心人”，推动驻点村逐步实现全面振兴。此外，该县重视基层一线，出台一线发现考察识别干部办法和一线问责干部办法，大大提升了全县干部干事创业的积极性和精气神。

乡村振兴永远在路上，记者在阳西县日前召开的县委书记办公会暨县决战决胜脱贫攻坚指挥部、县委实施乡村振兴战略领导小组、县扶贫开发领导小组会议上获悉，下一步，阳西县坚决克服疫情影响，全力推进乡村振兴建设。深入开展党旗红党建主题活动，加强村民小组党的领导，建强基层战斗堡垒。做大做强富民兴村产业，打响上洋西瓜、程村蚝、东水茶叶、儒洞荔枝等名牌。加快推进生态宜居美丽乡村建设，突出抓好村村通自来水、厕所革命、生活垃圾和生活污水处理“四个重点”。决战决胜脱贫攻坚，建立健全稳定脱贫长效机制。提升乡村管理水平，打造县镇村三级助农服务平台和村级小微权力监管平台，建立涉农资金统筹整合长效机制。

可以预见的是，阳西县通过抓重点、补短板、强弱项，党群连心、勇立潮头，扎实精准推动产业振兴、人才振兴、文化振兴、生态振兴、组织振兴“五大振兴”，乡村振兴三年取得重大进展、五年见到显著成效的目标任务，农村同步全面建成小康社会的美好愿景一定会如期实现。

——《南方日报》记者　张琪琪　杨世华

摘自 2020 年 4 月 21 日《南方 +》

CONTENTS | 目录

党旗飘扬

美丽绽放

CONTENTS

目录

保护开发

后记

党旗飘扬

DANG QI PIAO YANG

传承红色基因　推动边海乡村振兴

张贝奇

2020 年 12 月 27 日，阳西县儒洞镇边海村迎来一个重大纪念日——纪念毛泽东同志批示边海 65 周年。当日，边海红色展馆正式揭牌，进一步促进红色文化的保护和开发，传承毛泽东同志批示的边海红旗精神，让红色文化在阳西大地上生根发芽、开花结果。

边海红色展馆位于边海村委会边海桥头西侧，占地面积为 1912.32 平方米，共分为 3 层。“这个乡的党支部是一个模范支部，它领导群众做了许多英勇的斗争，获得了群众的拥护。”进入展馆，首先映入眼帘的就是 1955 年毛泽东主席对边海党支部做出的批示内容。展馆两侧，一幅幅画卷向人们展示着阳江革命历史，一张张图片展现着阳西基层党建成果，一串串数字展现着阳西在经济、民生、文化等领域取得的喜人成绩，广大党员干部在红色基因中寻根溯源。

边海红色展馆记录着边海村前进的脚步和“边海红旗”精神的传承。1953 年，边海村党支部宣告成立，团结带领全村群众与自然灾害斗争；1955 年，边海村村干部群众众志成城，永不退缩；2000 年，边海村村干部群众舍小家为大家；2020 年，边海村村干部群众筑起了抗击疫情的“防火墙”。代代边海人传承“战天斗地、党群同心、勇于进取、永葆本色”的“边海红旗”精神，团结一切力量战胜重重灾害，在脱贫攻坚战、建设新农村、助力阳西高质量发展的道路上，让“边海红旗”在阳西大地高高飘扬。

今年1月8日阳西县八届五次党代会上，提出了创建“党旗红”党建品牌和开展“党群连心、勇立潮头”党旗红党建主题活动的工作目标，把传承边海精神，建设边海党旗红党建教育基地作为重要工作任务，并启动了总投资2400多万元的边海党建教育基地项目。阳西县传承“边海红旗”精神，以边海自然村为示范，建立万亩水稻高产创建示范基地、广东省丝苗米种植基地，在全县范围内开展人居环境整治，连线连片在周边打造精品乡村旅游线路，推动乡村振兴，使旧村貌换新颜，建设基层党建示范基地，创建“党旗红”党建品牌。

当日，阳西县委县政府还在边海村召开了纪念毛泽东同志批示边海党支部65周年座谈会，举办了传承边海精神专题报告会暨县委理论学习中心组学习会，开展了“党群连心、勇立潮头”党旗红活动及农村基层党建“整县推进、全域提升”创建行动2020年总结大会。此外，阳西县委县政府班子成员进村入户，开展专题调研及“党群连心、勇立潮头”主题党日活动，与当地村民畅谈交流，了解党员村民生产生活情况，倾听基层党员心声。在学习交流和实践活动中，传承和发扬毛主席批示的边海精神，引领党员群众不忘初心、牢记使命，汲取红色力量，推动乡村振兴。

党建引领凝聚合力　红色传承助推发展

何春燕

为充分发挥基层党组织战斗堡垒作用，推进党建与美丽乡村建设深度融合，做好乡村振兴这篇“文章”，阳西县委县政府与塘口镇委镇政府着力启动“红色村”党建示范工程，围绕“传承红色基因，打造党建精品”的总体思路，将加强农村基层党组织建设与保护利用红色资源紧密结合起来，活化红色资源，发展绿色产业，着力把横山村打造成阳江市基层党建示范点、阳江市红色文化教育基地和阳江市红色乡村旅游基地，在新时代担当新使命、展现新作为，实现了党建引领凝聚合力、红色传承助推发展的良好局面。

拓展历史内涵，凸显红色元素

2017 年 12 月，塘口镇横山村被省委组织部列为第二批省定“红色村”。该村属革命老区，下辖 14 个自然村，田园风光秀丽，山林景观优美，拥有金横地区第一个党支部中共横山小学党支部的成立地——泰安堡，具有悠久的革命历史和光荣的革命传统。

泰安堡有着深厚的历史底蕴，它坐东南向西北，据《塘口志》记载，泰安堡始建于 1807 年（清嘉庆十二年），由刘振槐主持向刘氏各房募款兴建，云集无数的能工巧匠，经整整三年多的修建，花费了大量的资金，基本已建成主体部分，后又由刘子燕再次牵头出资修整，才最终完工。

在山匪作乱横行的年代，很多历史建筑都被破坏了，泰安堡幸亏当时已被改为学校，总算保存得较为完好。只见百多米长的堡墙几乎完好无损，上面还存有拱形的承重墙，“品”字形的炮孔也清晰可见，三间接连的古屋“三坐落”是当年的刘氏宗祠。这三间古屋的瓦片、雕栏、朱漆花纹等也大多保持原状。20 世纪 30 年代，泰安堡开始开设学校，供村民子弟读书。1940 年 8 月，中共阳江县委通过统战关系安排共产党员廖绍琏到阳江县（现为阳江市）西平乡（今属阳西县塘口镇）横山小学任校长，在横山建立了阳春县（现为阳春市）金堡、阳江县（现为阳江市）横山一带党组织的落脚点。9 月又派从省学习班回来的林元熙到横山小学任教，并负责领导阳江西区一带的党组织工作。不久，又调庞瑞芳到横山小学任教。同月，建立了金横地区第一个党支部——中共横山小学党支部，林元熙任支部书记。党组织一方面在当地开展统战工作，团结争取进步人士对革命工作的支持，使党组织能立足于农村，建立据点，点燃革命圣火。

铭记初心使命，提升品牌价值

县委县政府与塘口镇委镇政府铭记初心使命，精准定位，强化核心目标，结合横山村区域特色，有的放矢对泰安堡开展一系列红色建设工作，打造红色乡村建设，把开展品牌党支部创建工作与推进标准化党支部建设相结合，不断拓展深化品牌内涵，提升品牌价值。现阶段，“泰安烽火”项目建设已完成。在泰安堡门前，修建了荷花池、环湖小道、观景平台、革命历史纪念灯柱，结合附近的生态环境修建休闲公园，铺设鹅卵石道路，摆放长椅供游客使用，同时升级配套设施，修建 195 平方米的生态停车场，满足游客的需求。同时，投资了 120 万元把原横山小学党支部党员宿舍旧址修复，并改造为阳江横山红色展馆，整个展馆占地 200 平方米，建筑面积 430 平方米，共两层，内设 4 个展厅，全部投入使用。2019 年 12 月，阳江横山红色展馆成功申报了阳江市中共党史教育基地。下阶段，投资 399 万元的泰安堡修复工程正在有序进行中，为了做好各项建设工作，聘请了省级有资质的公司开展泰安堡的文物修缮工作。

多方发力，融合推进

自 2017 年 12 月省委启动“红色村”党建示范工程以来，市、县、镇、村四级联动，高度重视，始终把修缮中共横山小学党支部原址——泰安堡作为“红色村”建设的一项重要工作，以高度的政治责任感和历史使命感去推进落实。一是市委组织部有关领导多次到横山村指导督促工作，帮助阳西县修改完善了建设方案，在关键时间节点多次派人到实地指导，确保泰安堡修缮工程不脱节、不掉链子。二是阳西县全力抓好泰安堡修缮工作，市委常委、县委书记孙波同志等县主要领导同志先后多次到横山村调研指导工作，专题研究泰安堡修缮工程及“红色村”建设工作；县委常委、组织部部长张宜春同志先后多次带队实地考察，精心规划，认真把好质量关；县委组织部、县公共工程管理局、县委党史研究室、县发改局、县财政局、县文广旅体局等部门主动作为，结合自身业务，为“红色村”

建设添砖加瓦。三是塘口镇充分发挥主观能动性，镇委书记、镇长亲自挂点督战，高度重视“红色村”建设，在全镇形成了弘扬红色精神的良好氛围，如今塘口镇沿途沿线红色氛围浓厚，“红色小镇”已初具雏形。四是横山村以创建“红色村”党建示范工程为契机，深入挖掘中共横山小学党支部和村中红色故事，以先辈艰苦奋斗精神为榜样，激励在家村民和外出乡贤积极参与家乡建设。

今后，县委县政府与塘口镇委镇政府将继续结合地方红色文化元素，以“红色”为主题，以乡村振兴为着眼点，全力推进泰安堡修缮工程和“红色村”党建示范工程中期和远期建设工作，将横山小学党支部原址——泰安堡，打造成党建廉政教育的重要基地、革命传统教育的重要课堂，打造党味鲜明、作用突显的红色党建品牌，宣传先进典型，传播廉政文化，让广大党员干部在润物无声、潜移默化中，体味做人、处事、为官的真谛，逐步实现境界升华，使它成为广大党员干部接受思想洗礼、筑牢思想防线、坚定文化自信的崭新平台，成为我县甚至全市的一张党风廉政文化宣传的“新名片”！

党建出实招　发展添活力

何春燕

近年来，程村镇红光村坚持以党建引领高质量发展，加强基层党建阵地建设，锤炼过硬作风，奋力担当作为，在“产业兴旺规定动作”上出实招，在“融合党建促发展”上见实效，推动乡村振兴在新征程中开好局、起好步。

发挥本土优势，打好“程村蚝”品牌

红光村位于阳西县程村镇东南面，辖3个自然村，总人口3350人，党员66人，耕地面积1442亩，海岸线长2.8公里，有天然红树林6000多亩，全村80%以上的村民从事养蚝（牡蛎）业。红光村先后被授予“国家级近江牡蛎吊养标准示范区”“全国创先争优先进基层党组织”“广东省先进基层党组织”“广东省民主法治示范村”“广东省‘五个好’村党组织”“广东省文明村”“阳江市十大最美乡村”等称号。

近年来，红光村党总支积极响应县委县政府号召，发挥本土优势，打好“程村蚝”品牌，新增养蚝面积1.2万亩，总面积达3万多亩。根据2019年的数据统计，红光村产鲜蚝4.5万吨，总产值达2.01亿元，纯收入达2500多万元，村集体经济收入由原来1000多元增加到40多万元，村民人均纯收入达28500元，在乡村振兴征途上取得了丰硕成果。

完善基础设施，提升人居环境

近几年来，红光村新农村硬件建设取得重大突破。一是筹资760多万元，建好了通镇二级柏油路和环村硬底化水泥路；二是村内巷道基本实现硬底化；三是建好了自来水工程；四是建成了10000平方米的红光村码头；五是浚深了2.5公里航道；六是改造了村中心市场；七是在村码头等公共场所还建造了视频监控；八是建好了13个垃圾池；九是新建了3个公共卫生间（水厕）；十是建好了码头避风港工程和沿港蚝批发市场；再就是对环村公路、码头进行了绿化，村容村貌得到了较大改善。

紧扣党建主线，营造“红色氛围”

近年来，红光村全面推进乡村振兴工程，凝聚群众思想共识，坚持党建与乡村振兴两手一起抓。2019 年，红光村党总支办公场所经过修葺，焕然一新，村务管理民主化、制度化、规范化，较好地落实了民主管理系列规章制度，村中大事公开、透明，得到了群众的拥护。通过开展“党群连心、勇立潮头”等党建宣传活动，全村形成了遵纪守法、文明礼貌、团结互助、移风易俗、尊老爱幼的良好风气。

为落实党建引领高质量发展，深度践行服务乡村振兴、服务实体经济，探索“党建 +”的新模式，实现党建工作与乡村振兴深度融合，2020 年 3 月，红光村建成了一座占地面积 8435 平方米的党建公园。该公园结合红光党群服务中心、红光党建广场，将党建文化与地域文化深度融合，集休闲、娱乐、教育为一体，通过多种形式，形象生动地向党员群众宣传党的路线方针、习近平总书记系列重要讲话精神及党建、廉政文化等知识，从而真正地让党建文化贴近实际、走进群众，实现党建教育从室内向室外延伸，教育模式从单一向多元转变、由相对封闭向对外开放转变，教育对象由党员为主向广大群众普及。党建主题公园在程村镇已形成了一道靓丽的风景线，成为广大党员群众的一块红色教育阵地，特别是在节假日期间，吸引很多周边群众和外出务工回乡的村民到这里游玩，感受红色氛围，接受红色教育，取得了非常好的效果。

聚红光为阳光，党旗所指就是振兴所向！县委县政府的总体工作思路为红光村绘就了健康持续发展的美好蓝图、指明了努力方向。红光村正站在新的时代起点，勇担历史使命、勇立时代潮头，在乡村振兴中绽放光彩，奋力谱写时代的新篇章。

老树开新枝　党旗更红艳

茹振伟

石塄村位于阳西县织篢镇东面，与溪头镇白土村委会交界，距镇区 9 公里。下辖 12 个自然村，面积 16 平方公里，总人口 5335 人，党员 76 名，村“两委”干部 7 名、书记助理 1 名。全村有山林 10700 亩、山地 3600 亩、浅海滩涂 2100 亩。村民经济收入以海洋捕捞、种养殖业和外出务工为主。

2013 年，石塄村被授予“阳西县探索‘双挂双考’农村基层党建考评管理新模式‘样板党支部’”；2014 年被授予广东省“妇女之家示范点”“阳江市美丽乡村建设标杆村”；2015 年被授予“阳江市培养和践行社会主义核心价值观示范点”“广东省儿童友好社区示范点”“广东名村”等荣誉称号；2016 年被中共中央授予“全国先进基层党组织”荣誉称号和中共广东省委授予“先进基层党组织”荣誉称号，被评为阳江市“文明村”。

加强党建建设，夯基础强核心

以“四个抓手”，提升组织力。石埗村党总支推行“四个抓”党建理念，即：抓好教育管理，提高政治理论水平；抓好党员形象，突出先锋模范作用；抓好服务保障，践行初心使命；抓好阵地建设，凝聚党心，促支部发展。通过坚持“四个抓”党建理念，积极构建石埗村党建工作格局，让“抓好党建就是最大政绩”的意识入心导行，提高石埗村党建整体工作水平。按照统一标准，“试点先行、逐步推进”的工作思路，打造党建阵地，以石埗村村民小组党支部为示范点，建好基层战斗堡垒。

以“党建共融”龙头，织密工作覆盖“一张网”。一是以基层治理“四级”网格化为基础，使党建工作由虚到实、落地生根，破解责任传导递减问题。以整合资源、强化服务为重点，落实村（社区）班子联席会议制度、党组织议事规章制度等。二是深入推进“党员亮身份、党群心连心”活动、“党旗红”党建工作，结合儿童友好示范社区、妇女儿童之家、无毒村居示范创建工作，切实加强基层组织建设，在原有的党建基础上“老树开新花”，不断提升支部的先进性，有效促进了社会和谐稳定发展。

创新发展思路，强经济富村民

一是广开门路、纳民意、谋发展。每年都组织党员干部、外出经商致富的乡贤、种养殖大户、大学生等村中智囊团召开座谈会，为村中发展出谋划策、出钱出力；二是立足山海兼优的资源优势，从远洋、近海、陆地三梯队谋发展。党总支按照“靠海吃海”的思路，鼓励和引导村民大力发展海洋捕捞和近海养殖业。该村共有海洋捕捞渔船30多条，其中500多万元的渔船13条，年产值100万元以上规模的养蚝、养虾大户约有8户，年总产值约1000多万元。三是大力发展村集体经济。在多方支持下，投入20多万元建成了占地面积500多平方米的石埗村市场，既解决了群众买菜难问题，每年又能为村集体增加收入3万多元。在村“两委”班子的带领下，村民致富的路子宽了，村民富裕起来了。

建设美丽乡村，美村容纯民风

“村容村貌更美了，村风民风更纯了！”这是村民对村里开展“美丽乡村”建设后的直接感受。在县镇领导、有关部门和乡贤的大力支持下，在促进农村人居环境改善，保障人民群众身体健康方面，石埗村全面推进农村厕所建设和改造，推动“厕所革命”工作深入开展，并取得了较好的成效。通过示范片建设项目实施村道巷道硬底化、污水处理、垃圾屋、公厕、集中供水等项目建设，并建设文化室、篮球场、文化广场、小园林、休闲绿道等休闲娱乐设施。引导和鼓励村民对省道S278线两边房屋，按规划进行立面改造、墙面粉刷、彩绘美化，展现农村新风貌。石埗村率先完成了村庄规划，投资了500多万元建成占地面积1300平方米的村文化活动中心、石埗农贸市场、石埗文化广场、宣传长廊和石埗生态休闲公园等。现结合“党旗红”党建工作，在石埗文化广场的基础上，着力打造“党旗红”元素党建公园，切实优化群众生活环境，让群众在日常娱乐休闲中，潜移默化地受到红色文化的熏陶。通过开展山歌擂台、广场舞、曲艺等一系列群众喜闻乐见的活动，丰富和活跃群众文化生活，提升群众道德思想素质、科学文化素质和卫生意识及文明程度。

优化服务平台，密切党群关系

“群众是水，干部是鱼，有水无鱼是一潭死水，有鱼无水是条死鱼”。石埗村党支部坚持把服务群众工作放在首位，做好“五室合一”工作，配强工作人员，落实有关职责，及时有效地防范、化解、管控各类矛盾纠纷，助力社会和谐稳定，以阵地建设、队伍建设、业务建设和工作创新为载体，构建“五室合一”基层社会矛盾纠纷联调机制，主动防范风险，全力化解矛盾，推进基层社会治理现代化，不断提升群众获得感、幸福感和安全感。“五室合一”运作以来，接访群众30多人次，共解决问题10宗。同时结合自身实际，打造“党旗精神，和美石埗”党建品牌。以创建服务型基层党组织和深化直接联系群众制度为契机，石埗村党总支强化党员、干部服务群众的宗旨意识，认真落实村民议事厅制度、党务、村务公开工作，使日常工作更加民主公开和透明。优化了村“两委”服务群众的质量，以群众满意度为评判标准，有效维护了村子稳定，进一步密切了党群干群鱼水情，擦亮了“党旗精神，和美石埗”的党建品牌。

沙河党建公园纪游

谢克柱

早就听说，地处新圩镇沙河村委会麻历湖村的沙河党建公园是新圩镇建设美丽乡村的一张闪亮名片，是集休闲娱乐、观光旅游于一体的“党旗红”思想教育基地。恰巧周末几个好友相约，趁着春光明媚外出踏青，感受一下阳春三月的自然气息，于是便有了我们此次的沙河党建公园之行。

我们驱车沿 228 国道转入省道 282 线，穿过禾塘圩再往东水山方向继续行走约 2 公里就可以到达麻历湖村口了。村口立着一块高大厚实的黄蜡石，上面用红色的涂料写着“麻历湖村”四个大字。一条水泥硬底化的村道蜿蜒于田野之间，连接着村与外界。好一派山水田园的旖旎风光！抬望眼，是连绵不断、时有云雾飘绕的青黛峰峦；眼前是一片绿意盎然的田野，田里的植物生长得郁郁葱葱；四

周满眼都是翠绿的竹林，藤萝花蔓环绕其间。村中道路纵横交错，如裁缝师傅精心裁剪的带子，将村中房屋院落分隔成许多方块。每家房屋院口都是竹影摇曳，充满古朴自然的原生态美。我们恍如进入了陶渊明笔下的世外桃源。

下车漫步于村中，呼吸着无比舒畅、充满乡村泥土清香的空气，心境一下子超凡脱俗般地高远起来了。不知不觉中，我们心心念念的沙河党建公园便出现在眼前。好一个干净整洁、环境优美的地方！沙河党建公园建在村旁的小河边上，依山傍水，周围竹树环合，花草掩映，环境宁静幽雅。整个公园广场占地面积约1800平方米，布局简洁大气，以“党旗红”为主题，依次布设了“党建 + 廉政”宣传专栏等内容。公园广场地面是由一块块长方形的红色砖块铺设而成，四周间隔地安装了一些大理石桌椅，以供人们休憩。可以想象，每当人们忙完农活，全村的男女老少在广场上跳啊、唱啊，做各种各样的健身休闲娱乐活动时，是一幅多么幸福、其乐融融的和谐场景啊！公园广场最醒目之处当属坐落于一处花草繁盛的坡地上的“党旗红”座碑标志。这座碑标志分几层设计，最上面那层镶嵌着“幸福是奋斗出来的”，“奋斗”二字，字体尤为显大，色彩也尤为明艳突出，这句话寄寓着勉励，并期望我们每个人都要通过努力奋斗，过上更幸福的生活，实现国家伟大的民族复兴梦想。座碑下一层，左面是鲜红明艳的党旗标志，镰刀铁锤无不彰显着“党旗红”的主题思想；正中间的一层，“沙河党建公园”几个烫金的大字熠熠生辉。

紧挨着公园广场的竹海步道，是我们最为赞叹、也最为喜爱的景观了。这片竹海步道占地约2300平方米，依托沙河本地特色“竹林＋奇石”现有资源，建有亲水平台、休闲凉亭、望夫石观景台、党建宣传等设施，处处透露着设计者们的匠心独具。你看！一条条用长条形石板铺成的步道，在苍翠的草地上蜿蜒伸展，纵横交叉而又融会贯通，引领着我们的脚步穿梭于每一片竹林、每一个景点。而每一处的景观都是经过设计者们的精心设计，宜人的环境色彩、寂静幽深的氛围，让每一位游客在游玩过程中不会觉得单调而枯燥乏味。如走着走着，你便会看到这片竹林边上种植着一些鲜红艳丽的花草，点缀着竹林；而竹林深处，会有一些如“小鹿、小松鼠、花蘑菇”等之类的装扮，让你眼前一亮，增添情趣；又可能在你觉得走累了的时候，竹林中又会出现一座休闲的凉亭，可以让你小憩一番……总之，公园的每一处景点都有自己的魅力与风格，绝不会让你觉得视觉疲劳。

徜徉于这片宁静幽雅、古朴自然的“世外桃源”中，看青山绿水相依，娇花吐艳、幽兰含芳、日蒸雾起……不由得想起“云淡风轻近午天，傍花随柳过前川，时人不识余心乐，将谓偷闲学少年”的古诗。也会想到陶渊明所描绘的那个桃花源“土地平旷，屋舍俨然，有良田、美池、桑竹之属，阡陌交通、鸡犬相闻”的景象。在这里，可以仰望望夫山上云雾缥缈的青黛峰峦、环顾四周绿树翠竹繁花的景色，可谓“山水如画人如仙”；在这里，可以暂时把俗尘凡事抛之脑后，全身心放松，尽情沉醉于山水田园风光之中；在这里，还可以探究一下千古奇石——望夫石的美丽传说，感受那份至死不渝的爱情。在这大自然的怀抱里，世间的追名逐利，心中的困惑、烦忧、委屈、痛楚都淹没在这山水田园风韵中。只希望时光慢些，再慢些，听小鸟的鸣唱，看河水的微波，读青山的碧绿，赏翠竹摇曳的身姿，让乡村清新的空气淘洗尘世中的疲惫。这里真是一个宁静致远、淡泊明志的绝好去处呀！

辗转流连间，时间不知不觉就到了傍晚时分，要依依不舍告别了，望着这里的乡村、大山、河流、夕阳、归鸟，我最后贪婪地深吸了一口充满淳朴土地清香的空气，才踏上返程的车子。

再见了！沙河党建公园，我一定还会再来的！

美丽绽放

MEI LI ZHAN FANG

富美鸡乸埇，魅力新渔村

何婉苑

如果你想象不出“产业兴旺、生态宜居、乡风文明、治理有效、生活富裕”现代新农村的具体样子，那么，你一定要来鸡乸埇村看看！

全国文明村，富美鸡乸埇

鸡乸埇村是阳西县织篢镇谷围村委会的一个渔业自然村，地处织篢河尖山嘴出海口南岸，距阳西县城10公里，有一个天然避风港。村子始建于明正德十二年（1517年），林氏先祖君前和君业两兄弟从阳江平县冈镇石柱村乘帆船到此游玩而后择此地定居。因村的后面有一座形如母鸡状的山岭，为图子孙万代村兴族旺，故取村名为鸡乸埇村（“鸡乸”为当地方言，即“母鸡”的意思）。世居村民还有陈、阮、吴、王、江、谭等姓。

鸡乸埇村有土地291亩，村场占地面积76亩。现有村民104户490多人。全村有渔船111艘，总

功率 4.6 万千瓦，年海捕产量达 2.6 万吨，产值 1.85 亿元，年纯利润 3880 万元，人均纯收入 13 万元。其中有 12 户年纯收入超过 100 万元，有 20 户固定资产超过 500 万元。累计投入 1000 万元，建成了码头、进村大道、环村路硬底化、篮球场、羽毛球场村民文化活动室、村中休闲公园、文化广场、污水处理等一批公共基础设施。

2007 年，该村被评为省级文明村；2011 年获“广东省宜居示范村庄”称号，同年还被为评“全国文明村镇”；2014 年获“广东名村”荣誉称号；2018 年入选“广东省改革开放示范百村”名录；2020 年荣获广东省“乡村振兴大擂台”十强村。率先实现“产业兴旺、生态宜居、乡风文明、治理有效、生活富裕”的乡村振兴目标。

一代“船王”，抒写“广东最富渔村”神话

20 世纪 70 年代前，鸡乸塱村是一个半渔农自然村，渔业以人工摇橹船、帆船、

划桨船为主，到浅海、洋边河（丰头河）从事鱼、虾、螺捕捞。农业主种两造水稻，兼种薯类、甘蔗、黄烟、黄麻等，养牛、猪、鸡、鸭等家畜家禽。生产生活、经济收入与同时期的最普通的农村并无异样。

改革开放后，鸡㘵塱村村民纷纷投入海洋捕捞业。蓝色的大海给了林氏兄弟辽阔的梦想。他们不满足于跟着祖祖辈辈在海边捕鱼，他们要出海，要到大海里去！他们坚信湛蓝的大海有很多的鱼，只有乘船走出去，才能发展海洋捕捞业，才是渔民脱贫致富的好门路！他们先是动员村里最“谈得来”的人合伙筹资买回了一艘大马力的旧船到远海捕捞。果不其然，鱼满舱人欢笑！

有了经验的林氏兄弟对蔚蓝的大海充满了信心，他们梦想着要赚取更多的财富、要带动更多的人致富！加大投入、扩大生产规模、走产业化道路！他们坚信船队一起作业，可以互相照应，能获得更多的利益。1985 年，林氏兄弟开创发展海洋捕捞的新路，以股份制的形式和村民合作购船，把其他一些买不起船的村民也带动起来，完成了产业上的第一次升级。

改革开放的热浪滚滚而来，科技发展日新月异。为适应海洋渔业发展的需要，20 世纪 90 年代末，在林氏兄弟的带领下，鸡㘵塱村迎来第二次转型，木船慢慢退出历史舞台，钢壳船和先进的捕捞设备在渔民中开始普及，仅2000年以来，林氏兄弟和村民们花在购置新船上的钱就达到两亿多元。用上钢壳船之后，捕捞船装上了雷达、卫星导航、测风机等设备。有了现代化的捕捞设备，林氏兄弟和渔民兄弟们乘风破浪，走向更遥远的海域，从而使该村海洋捕捞业得到迅猛发展！几年下来，勤劳而睿智的林氏兄弟，尤其是大哥林进栈，成了远近闻名的“船老大”，生意越做越红火。

有了“底气”的林氏兄弟胸怀更阔了、目光更远了！他们想到了产业链的延伸，在发展海洋捕捞的同时，抓好相关配套产业的发展。按照“一业为主，多种经营”，集捕捞、基地养殖、水产品加工销售、后勤服务于一体的理念，2005年3月，林氏兄弟以及其他合股经营者成立了广东顺欣海洋渔业集团有限公司。公司按股份合作制组成船队作业，采取“公司＋渔船”的经营模式，通过公司出资支持渔民买船，建立起公司与渔民“利益同享、风险共担”的双赢经营联合体；建立渔网厂和水产品加工厂，成立阳西顺兴流刺渔业专业合作社，推进渔业产业化经营。广东顺欣海洋渔业集团有限公司很快就建成了一支拥有300多艘渔船、从业人员达3000多人的作业船队。由于经营模式的成功，极大地激发了渔民兄弟们的生产积极性，当年公司海洋生产总值即达1.36亿元，创造利润约3000万元，69户村民获利润2000万元，户均收入达28.9万元！一时间，鸡乸塱村被称为“广东最富渔村”——美名远扬！

“打造更大的船！去更远的地方，捕捞经济价值更高的鱼！”随着近海渔业资源的衰退，远洋捕捞的梦想像大海深邃的蔚蓝一样盘踞在林氏兄弟的脑海中。

2011年，广东顺欣海洋渔业集团有限公司成功收购了深圳一家远洋捕捞企业——深圳水湾远洋渔业公司。该公司有6艘具备远洋能力的船只，被收购后实行了更新改造，配备载有超低温的设备，温度可以低至零下55至零下60度，每艘价值1500万元，这才是真正具备进入公海条件的渔船！而更为重要的是这家公司有远洋捕捞指标，这是不可多得的资源！随后，公司又打造了16艘远洋渔船。至此，林氏兄弟“船王”的称号不胫而走。

国家级重点农业龙头企业，全省最大超低温冷库

“我们不但要追求最富渔村，还要辐射更多的地方！”林氏兄弟踌躇满志。

在林氏兄弟的苦心经营下，广东顺欣海洋渔业集团有限公司不断朝着现代化、多元化、国际化的大型企业集团发展。至今已形成了中国水产行业较完善的全产业链，在广东阳江投资1.5亿元建成了被称为“广东省内第一个温度达到零下60℃”的超低温冷库，冷库总容量达2万多吨，为当地和周边城市提供冷链物流及仓储服务。其中，设有金枪鱼生产线低温加工车间，极大地解决了广东远洋捕捞加工以及产业链的不足，形成省内第一条国产金枪鱼加工生产线，打造属于阳江的金枪鱼品牌。广东顺欣海洋渔业集团有限公司现拥有养殖基地1万多亩，自有远海、远洋捕捞渔船24艘，并在马来西亚、伊朗、莫桑比克设有远洋基地；

在广东省建有4座水产品加工厂。建立了“食品质量安全可追溯体系”，从源头抓起，加工、运输、销售全程实行“冷链”控制，且拥有国际先进的专业生产线及配套设备。

广东顺欣海洋渔业集团有限公司生产的南美白对虾、罗非鱼等产品远销欧美、韩国、日本等东南亚国家和香港、澳门等地区，深受广大客户的青睐，年出口创汇达数千万美元。还先后通过了HACCP质量管理体系认证、美国FDA认证、水产品BAP认证、欧盟、俄罗斯、韩国、日本及其他东南亚国家的注册认证；其中生产的“顺兴”牌罗非鱼片、冰虾仁已获得了“广东名牌产品”荣誉称号，享誉全国。2018年底，一举获得“农业产业化国家级重点农业龙头企业”荣誉称号！

富美鸡蛐塒，魅力新渔村

美不美家乡水，亲不亲故乡人。新世纪伊始，社会主义新农村建设的号角吹响，率先富了的林氏兄弟积极响应政府号召，主动承担了该村建设的大部分资金，并发动村民捐资，在全村掀起了建设新农村的热潮。早在 2003 年，该村便实现村道硬底化。随后便建有进村大道、环村路、阅览室、文化广场、篮球场、村民别墅区、码头停车场、路灯、地下排水排污工程等公益设施，村道实现美化、绿化、净化等，2012 年通网络。

多年来，当我们走进鸡乸塱村，远山如黛，天蓝云白。种植着整齐风景树的宽阔干净的进村大道，两旁一望辽阔的风光、秀美的农田便让人心旷神怡。而村口映入眼帘的是一座高约 7 米、以村民撒网打鱼为造型的雕塑，它便是彰显该村渔乡文化的“海之子”雕像。

站在村口，眼前是平坦洁净的水泥路、错落有致的小洋楼、花园般的文化广场、郁郁葱葱的绿化……更让人赞叹不已的是村左边 2007 年建起的整齐划一的别墅群！真的让你无法相信眼前这地方居然是农村！如果你是农村的已婚女士，自然便会涌起“恨不生在鸡乸塱或嫁在鸡乸塱”的感慨。而漫步在村庄内，无论是村道，还是巷道两侧、房前屋后都种上了点缀环境的花草树木，空气清新，景色怡人，处处如诗似画……

近年来，乡村振兴的号角吹响，党中央、国务院高度重视休闲农业和乡村旅游的发展，2015 年以来，连续 3 个中央一号文件都提出要大力发展休闲农业和乡村旅游，推进农业与旅游、教育、文化、健康养老等产业的深度融合……在国家

政策的推动与当地政府的引导下，富裕了的鸡𬸘塱村民有了更多的精神需求、有了更高的文化品位追求。村民们在广东顺欣海洋渔业集团有限公司董事长林织的带领下，在渔业产业持续稳定发展的基础上，紧紧抓住距离阳西县城只有10公里的地理优势和村子的交通优势，发展起了渔家风情旅游业，实行村企合作。他们齐心协力地筹划着在鸡𬸘塱村建设民宿客栈、采摘和农业观光体验园、水上乐园、海上观光船体验、垂钓场、主题花海、户外拓展野战基地、农家乐美食餐厅、渔家风情馆及休闲度假中心等，打造现代农业、渔业文化与休闲旅游观光开发相融合的休闲渔业与乡村旅游示范基地，全面打造“宜居宜业宜游”美丽渔村。项目建成后，预计年接待游客30万人次。项目可直接为周边农民提供就业岗位300个，间接辐射带动农民450多户。

只有想不到，没有做不到！现在的鸡𬸘塱村已初步建成了农家乐美食山庄、烧烤区、党建活动室、户外拓展基地、采摘和农业观光体验园、垂钓场、主题花海、滨海栈道等休闲渔业基础设施。

火热盛夏，大大的荷花池正“接天莲叶无穷碧，映日荷花别样红”。一批又一批的寻芳者流连于鸡𬸘塱村，或做一回荷花仙子，或体验一回“竹竿袅袅波无际，不知何者吞吾钩”，或摘一篮果蔬，让心情放牧田园……

“乡村振兴典范，渔家风情乐园”“广东名村，风情渔乡”“富美鸡𬸘塱，魅力新渔村”……一张又一张名片对标富美的鸡𬸘塱。鸡𬸘塱，这个神话般的现代新渔村，正以它独特的渔家风情展示着富美渔乡的无限魅力！也正以它无限的魅力影响着、辐射着更多的乡村！它让我们看到了更多乡村美好的未来！

富饶美丽的鸡𧊅塱

钟友梅

众所周知，数年来，随着近海资源日益衰退，各地渔业难以为生，纷纷转产转业。而鸡𧊅塱村渔业产值却是节节攀升，成为远近闻名的富裕村。不少人说，鸡𧊅塱村是广东最富裕的渔村。这是真的吗？带着种种美丽的憧憬，我们一行6人自驾小车从阳西县城出发去游鸡𧊅塱村。

这天，风和日丽。我们悠悠地行驶在一条宽阔的硬底化村道上。我知道，在我们的期待中，还有太多不可预见的美丽在等待着我们……

我们的车缓缓地驶进了鸡𧊅塱村码头，一下车，我们就望见了碧波荡漾的内海，眼前的视野骤然开阔。和我们一起同去的刘裔清老师是位诗人、学者，他知识渊博，并且对鸡𧊅塱村的地理环境十分熟悉，曾多次对鸡𧊅塱村寻根问祖，今天他为我们做导游。

观远处，西面的群山连绵起伏，像一条卧龙，刘裔清老师说这山自古以来叫龙头山，与虎头山遥遥相望，两山像守卫在河口的卫士。他指着西边的河涌说，那是塘口河的出口处，那里有个地方叫青草渡，向东望，海水悠悠地向东流去。他指着东边不远处的两座山说，左边那座酷似狮子的山叫狮子岭，右边酷似鸡𧊅的山叫鸡𧊅山，鸡𧊅山的鸡头正对着龙头山，龙头山是鸡𧊅山的印台，因此，鸡𧊅山的风水很好，他的刘姓祖先就葬在鸡𧊅山的山顶上。听他这样说，大家都要去鸡𧊅山走走，想看看鸡𧊅塱村这么富裕是否与鸡𧊅山的风水有关。

一条几何直角形的堤坝通往鸡𧊅山，目光所及的是满眼青翠。远远观望鸡𧊅山是座绿色环保的青山，堤坝右边是鱼塘。刘老师说这里的咸淡水鱼最为美味。

堤坝左边是鸡乸塱（即河涌），长满生机勃勃的红树林，一望无边的红树林成了虾蟹们居住的乐园。堤坝上，两边种着开满银花的牛牯柳树。刘老师说，别看牛牯柳树的花开得这么灿烂，这么美丽，它可是有毒的呢！但是牛牯柳树却是保护水土不流失的功臣。穿过鲜花掩映的堤坝，绕过水上人家的虾塘，我们来到了鸡乸山。山上林木扶疏，生态植被保护完好。这是一个小山包，比较平坦，山上有几间小住房，还有一个大大的水井，说明以前曾有不少人在此住过。在山顶上，果然有一座圆形的坟墓。刘老师说，这正是他的刘姓祖先的坟墓。坟墓所葬的位置是风水宝地的最高点，面对的又是龙头山的印台处。因此，鸡乸山可福泽一方，而此坟可福泽子孙后代。它有一种神秘的力量。

从鸡乸山回来，我们到村里民居走访。在村里，我们看到这里的渔民几乎家家户户都建有小洋楼或别墅，有许多的渔民还拥有大船和小车。

鸡乸塱村最引人注目的还不是这个村的富裕程度，而是它由穷到富的过程是那么短暂。这个村有104户共490多人，有渔船111艘，是我县户均拥有渔船最多的，村民户均年纯收入28.98万元。致富的速度是那么惊人！村民们说，该村之所以能富得这么快，还是归功于林织几兄弟带领他们，在最恰当的时间，做出了最恰当的选择：别人卖船上岸时，鸡乸塱村逆流而上，接连推出三个大手笔的动作，一是将154千瓦的木质船更新为373千瓦的钢壳船，且每艘船都配置大功率的单边带对讲机、雷达、“三合一”海图机、测风仪等装备；二是新发展耗油少、渔获优质的流刺网作业渔船；三是改小功率围网船为大功率铁壳围网船。这三招使全村海洋捕捞业生产效益成倍地增长。

但按照林织的说法，这些都只是表面的现象，真正起到关键作用的还是从1997年开始推行的股份合作制。如今，该村不少独立经营的船老大就是走这条“先入股”“后控股”的路子发展起来的。整个村的海洋捕捞业做大了，他们又通过合作分工，谋求另一种“额外效益”：公司有运输船专门为作业船送去物资补给，接回渔获产品，这样不仅省去渔船往返，能降低成本10%，还可提高效率，淡季不用在未捕捞到足够渔获时，就返港补充物资而浪费油料，旺季则不因返港送产品而耽误生产。林织说，及时接卸渔获还可以避免渔船集中回港，出现鱼价下跌，这种下跌往往每市斤在 3 至 5 毛钱，不可小看。而渔船集中回港补给物资的价格也会略有上升。当全村捕捞业发展到一定规模时，他们又开了一间渔网加工厂，为不出海作业的 120 多名村民提供了就业机会。我们在村里看到，就连 70 岁高龄的阿婆也能在厂里做工，每月收入 2000 元。

在村里，我们处处可见一片热火朝天的景象：村里的旧房子已被拆除，道路正在施工，乡村庄园正在兴建……据该村村主任说，近年阳西县委县政府领导曾多次带领有关部门负责人到该村现场办公，要求群策群力，把该村建设成社会主义新农村的典范。村主任还告诉我们，该村要按高标准规划，高起点建设。他指着规划图说：这里是渔港，依山傍海，古榕掩映，且建有码头，拟建海滨公园，将这里的特产——美味咸淡水鱼、虾、蟹等搞成特色餐馆，发展旅游业；这里是村东北面的水塘，拟建为荷花公园，面积 30000 平方米，并在荷塘中建有水中亭、

桥；在村西南面，建设一个水泥球场和一个运动场，改建扩建地下排水工程600米，还建设全长1200米的环村路、900米的主巷道、1个文化室、20个沼气池……并以建设社会主义新农村为契机，绿化美化村中环境，开展“建生态村，做文明人，告别陋习，走向文明”等活动，增强村民文化素质，提高村民生活质量。

落日之前的黄昏，我们依依不舍地又一次来到码头。眺望远海，海水轻漾，在落日余晖的映照下金光闪闪。这时的鸡㽏塆似一位着了淡淡晚妆的少女，将要转入沉睡迷离的样子，妩媚动人，惹人爱怜。我心中那些只曾在梦中有过的种种关于鸡㽏塆之美的揣测终于与眼前的现实碰撞在一起，于是那些一下子涌上来的无可放置的心情让我激动不已。这些美丽、这些激烈的感受，我只愿放置在鸡㽏塆之上。我们相信不久，一个生态型、园林型的“社会主义新农村”将呈现眼前！

五星乡村，美丽渡头

何婉苑

早闻沙扒镇渡头村在阳西县第一届乡村振兴“五星乡村”评选中获得第一名，一直想去看看这“五星”到底有多“亮”。

金秋十月，与作协的兄弟姐妹寻“星”而来。

此前，我们已走过数个美丽乡村，眼里有了不一样的“高度”。

才进入渡头村进村大道，便感觉眼前一亮。长长的进村大道，除了硬底化和非常干净外，道路两旁从头至尾装有红白相间的护栏，这在其他很多乡村是没有的。彩栏绿树，可谓一路风景鲜艳。

进入渡头行政村，首先映入眼帘的是村中的党建公园。公园依山而建，在自然天成的同时，更兼精心打造：凉亭垂柳、竹篱小径、花圃绿茵……沿着公园漫步，更是迎来一片“红色风景”——党旗飘飘中，“中国梦我的梦”“听党话跟党走”……各式各样的党建宣传，有的写在党建展示墙上，有的因地制宜写在天然的石头上，无不让人为之振奋、感受党群一心共创美丽乡村美好生活的浓厚氛围。文友们纷纷争相拍照。

远远的，看见一棵参天大树，这是一棵有着 240 多年树龄的大榕树，已被列入国家古树保护三级。大榕树下是一个圆形休闲广场。大榕树真大啊！大得像一把绿色巨伞，把整个圆形广场都罩住了！在大榕树底下，摆放着一张张石凳、石椅，更有供休闲娱乐用的石桌、石棋盘。石棋盘上还刻着“落子无悔，行棋潇洒；友谊第一，比赛第二”的字样。三三两两的老人正在树下乘凉聊天或下棋。广场的前面是一个绿色的草坪，草坪上安装了好些健身器械，有小孩子正在玩耍。而与公园融为一体的就是有着 1200 多人口、依山而建、面朝大海、四季花开、风景秀丽的渡头村。

南方的十月，秋阳如虎，大家争相奔向大榕树下。果然，阵阵清风徐来，大榕树底下一片清凉。更让人心旷神怡的是，眼前一片辽阔，不远处就是一片海！

“快来看！这石头上有一个脚印！”有文友兴奋地叫。大家闻声，都好奇地走向大榕树底下一个花圃上的一块石头。石头不大，约1米高、1.5米宽，石身平滑，而半腰处却有一个像脚印一样的凹印。这么坚硬的石头，这脚印是怎样留下的？文友们想象联翩。热情地为我们当导游的村委会工作人员说，这是神仙足印。

站在大树底下，听着神仙足印的神奇传说，呼吸着纤尘不染的空气，看着鲜红的党旗飘扬……突然好羡慕这村子里的人们，他们好有福气啊！享有上天的恩赐和国家的好政策，享有这么好的人居环境，有山有海有公园，天天可以在这大树底下享受清风明月，看潮起潮落、斗转星移、花谢花开、春去春来，多惬意啊！

我们沿着公园的硬底化道路环山而行，才知道这公园里、这小山上还有很多参天大树，而且造型别致，盘根错节的；才知道村中有超过200年树龄的古榕树就有15棵之多！而眼前这棵被村民称为“独木成林”的大树旁生的枝杈竟有五六十枝之多，占地达两亩，那些枝与枝在空中交汇，分不清彼此，自成一个小森林。

从公园的圆形广场下来，我们看到了一块“巨石”，是那种海边特有的“黑石”，表面光滑，占地足有一间大房子那么大，石形仿佛一块巨鲸化石。可沿着大石转一圈，才发现，这又是一块多面石，它的背面并不是一个整体，而是由多块石头组成的，其中有3块较大的石头围成了一个洞，洞深约3米、宽1米、高1.5米，仿佛一张天然石床。

村委会工作人员说，这是渡头村的镇村奇石……伫立石前，文友们纷纷为渡头村淳朴文明的乡风、民风感怀。

沿着村子走了一圈，村场整洁干净。村中的房子很多是三四层的小洋楼，更有豪华的别墅，让人好生羡慕。文友们还远观了海水盐场，近看了水产养殖，并参观了二友楼。村委会工作人员说，渡头村是一个渔农结合的村庄，全村共有山林800亩，耕地1160亩，浅海滩涂1500亩。村民主要从事浅海捕捞、鱼虾养殖、农产品种植，也有外出经商和务工的，人们的生活相对较富裕。而自从开展新农村建设以来，村中建有村级医疗卫生站、垃圾统一回收处理站，道路实行了硬底化和亮化工程；为了满足村民的精神需求，大力打造了休闲公园，增加了健身器材、篮球场和乒乓球台等群众娱乐设施；在长效管理方面，领导重视，村民自觉。

依山傍海、风光秀丽的渡头村，真不愧是一个“产业兴旺、生态宜居、乡风文明、治理有效、生活富裕”的五星乡村！

千山尽，故乡烟雨浓

南海

美不美家乡水，亲不亲故乡人。身为一名写手，我很少笔触故乡的兴衰韵事，生怕刺痛隐藏心灵深处的创伤。说它美吧，总觉得有一种自叹花香的感觉；说它丑吧，似乎违逆了天地良心。而作为久别家乡的游子来说，眷恋故土已超越名利的概念，因为故乡对游子来说，那里的山山水水才是自己生命的源泉，那里的黄土更是灵魂歇息的港湾。

聊起故乡，情绪总会瞬间澎湃！假如不是久别故乡的人，哪能感知故乡的美？如果人生处于固守自封之境，一辈子足不出村，无异于画地为牢，怎知晓外面的陌生世间，拿什么做比较？正如诗人苏轼游览庐山时笔下的写照："不识庐山真面目，只缘身在此山中。"

年轻时，曾追随过打工一族，流浪过香港街头，漂泊过南海诸多岛屿。于我而言，那里似乎少了亲情存在，人人都在为利益而奔忙，久而久之，渐渐淡泊了羞耻概念，崇洋思想替代了民族传承的美德。

面对陌生的繁华环境，发财梦逐步繁衍出虚荣心，面对高楼大厦，面对繁华喧嚣，时不时会想起故乡的贫穷与落后，自卑感始终如影随形。当卑微演变成病毒，自尊遭受到践踏时，你会发觉故乡的月色远比城市的路灯柔和、温暖，故乡的山水远比城市的繁华清晰、亮丽。

我的故乡虽说是一座偏离城市的小村庄，但它依山傍水，地杰人灵。千百年来，在日月更替的岁月里，它静静俯伏在南海边缘，细数着流年飞花，静听雨唱风吟，犹如一幅唯美的山水画卷和一页拨动心弦的诗篇。

渡头，我故乡的芳名，犹如母亲。它依山而建，面朝大海，冬暖夏凉，祖祖辈辈过着半渔半农的生活，与世无争。把所有不为人知的陈年旧事，以及过往的烟云变幻，无不刻画于风雨飘摇里……

远眺故乡，它宛如一幅山水画，若想解读画中意境，日月才是合格的导师。莺初解语时节，画里画外，微雨如酥，清秀婉约。当你驻足眺望，小小的村落酷似一名曼妙的少女，美目顾盼间，仿佛携着季节的花香，披一蓑烟雨，踏着细碎的步伐，轻轻盈盈，迎着你的视线款款而来。氤氲着南国的钟灵毓秀，缱绻于梦，婉转中迷离着缠绵。

故乡是一座远离喧嚣的半岛状村庄，虽没有"梨花淡白柳絮飞"的画面，却有着"夜半钟声到客船"的写照。若身为陌生的游客，自踏步"上渡头"悠长的雨巷时，就会萌生一种似幻还真的际遇，感觉正身处温柔的岁月里，惊艳了时光。当你览胜"邓氏祠堂"古典的庭院深深时，你是否感觉恍如隔世，却又有着久别重逢之感？最令人肃然起敬的还数显帝宫庙，香火缭绕中玄机浮动，还有那堵爬满苔藓的砖瓦墙，历史悠久，酷似一段温润久远的记忆，被遗忘于世俗红尘。

朋友，不要轻视农村的渺小，更不要蔑视农村人，若说山有山的胸襟，海亦有海的情怀，那俯伏海边的小村落，亦有着不为人知的曼妙与底蕴。面对成千上万的游客，她们只知道海水的咸淡度，只知道沙滩的柔软，只懂得涨潮与退潮的概念，却有几人知晓海水也存在二八平分的真谛（农历二至八月，日涨夜退；八至二月，夜涨日退）？你若身处如此古朴的环境中，说不定能让你浮躁的情绪随之沉淀，也能让你恬静的心在花香酣梦的风景里吟哦……

徒步后背山，千年古榕早已撑开天地屏障，有着独木笼纱的奇景。每逢春夏双季，烟雨迷离中，隐约传来莺啼鸟唱的鸟语声。穿过通幽小径，感受阵阵快速降温的凉爽。绕步绿荫边缘，盈一径花香满袖，悠然间顿觉怡然自得，心情舒畅。

故乡历史悠久，总有些云水过往需要静静地去追溯。当思维止步于桃花、丁香、烟雨的纠缠时，忘不了有过一场温柔的等待。也许多年以后，他与她还在苦苦追寻。

海边的风吹面不寒，岭南的雨带着惬意与悠闲，游子的梦写满笑容与纯真。刚告别款款情深的晚霞，青洲海面的渔火又开始闪亮登场，妩媚着。还有酣睡中的故乡，依旧是那般灵动、自然……

绕村一圈，情思百转。仰天望月，它仿佛在偷窥游子们的梦。驻足村口的堤围坝基，感受阵阵涌动流水的椰风清爽。那些滴着露珠的花瓣、泛着青绿的椰丝，袅袅婷婷间，仿佛故乡柔软的呼吸，牵绊着游子们的梦，浓烈了乡愁。

渡头村恰似一幅唯美的图画，若搬出诗人笔下的"沾衣欲湿杏花雨，吹面不寒杨柳风"来形容也不为过，总有着一抹古朴的浪漫，构筑成一幅天然屏障，袒露在南海之滨。

当你踩着斑驳的青石板，徘徊在古老而悠长的村巷时，干爽的路面仿佛在耐心等待一场随时会降临的雨，等待积云散去之后，享受一场清新的洗涤。

渡头村是一首婉约的诗，久远味浓。似佳人，它沉醉在岭南的烟雨中，柔情百转；似墨客，它徜徉于南国的碧波里，诗心荡漾。人们爱它草长莺飞的绿意盎然，更爱它斜风细雨的柔婉多情。如果说，它站在春天里，就算不言不语也十分美好。

水墨渲染的渡头村，一草一木滋长着灵性。今日的花开雨落，拉开了新农村建设的新帷幕，你们的到来，唯美了时光，增添了村容村貌的色彩，犹如镌刻于心的扉页，从此面世。

呐喊吧渡头村！你芳馨的名字，是我心中永恒的梦幻。春天里，你与春水一样碧于天；夏夜里，你与画舫共听雨眠；秋季，你似明月般皎洁；寒冬，你遮挡冰雪暖乡邻。

欢心吧渡头村！我愿用前生所有修行，换取与你的每一次轮回相逢，愿将所有与你今生的相知、来世的相约，做一回精心收藏！

世外遗珠河洞村

欧采

三面环山的村庄只有百来户，是个天生盛产故事的地方。

——题记

从繁华的广州乘汽车往西南325国道出发，西下茂名湛江，在一个叫作儒洞林场的站点下车，徒步穿过林场，往大山的方向走，一条羊肠小路直伸至炊烟缈缈的村庄，那村就叫河洞村。三面环山的村庄只有百来户，是个天生盛产故事的地方。那是20世纪80年代末，群山环抱的河洞村，生于斯长于斯的我只有七八岁光景，当村子安静如水，夜色笼罩了梯级一样的田野，田野之上崩口岭以及一些无名的山凸陷入厚重的幕布中，神秘的大山究竟有多少层出不穷的故事？每天夜晚来临，大人们忙完了一天的农事，我们就会缠住上年纪的老人家讲大山的故事。

“从前，竹马村很穷，光棍成群，岭脚下有块大石头，石头里住着只神龟，神龟不忍心看村子穷到无米之炊，就每天等天黑以后，偷偷到邻县富裕的地主家粮仓运来粮食接济村民。”

……

村子往东几里有个废弃多年的村庄叫竹马村，河洞村大多耕种的水田都在那儿。背枕崩口岭，右靠石龟岭埂的竹马村曾经是个富裕的村庄，据老辈人讲，竹马村娶亲铺路都用黄澄澄的稻谷呢。只可惜后来不知道什么原因，一个富得流油的村庄悄无声息地凭空消失了，只剩残垣断瓦静躺在岁月的轮回中。

母亲讲述神龟的故事，仿佛时光静止了，入夜的村庄，萤火虫挂在树梢上一闪一闪，像极了小弟困惑的双眼。彼时的小村庄，小河流横贯村前，清澈见底，无名的小鱼成群在穿梭，远处的山凸隐藏了无数的洞穴，神秘的故事诞生于此，就像被世间遗忘的处所，虚幻中带来美感。母亲说，在她上辈人的记忆中，他们的祖先，因为躲避战乱或是其他原因，从中原或是福建的某个地方迁来，逢山开路，遇水搭桥，在这个叫作河洞的地方停留生息，最初的村庄只有一个姓氏，那就是陈姓。谁又能拨开历史的谜踪去寻究呢？古人不见今时月，今月曾经照古人！那些远去的故事，以及那些远去的故人，是这个村子不可或缺的历史渊源，值得我们细细品味。

时光就像一部单程车，一路往前。至今的河洞村，那神龟栖身的地方也摇身变成琳琅满目的风力发电设备，那莽莽苍苍的崩口岭也不再是骇人听闻的处所，硬底水泥路把汽车直接引至山顶，残垣断瓦的竹马村变成现代化的养殖场，那金黄的稻田像缎带，包围青砖绿瓦的村庄。

村口的老樟树林，连片连片，仿佛是村子的活化石，徜徉其中，香气使人陶醉。现在这里是村子的党建公园，公园建起了展示墙，记录了新农村美丽家园的新标语。再往前走，是村子的“地堂”，当年村子的晒谷场变成露天舞台。当年这里是“做大戏”的场所。每年的三月三，春水起，锣鼓就会敲起来。人们奔走相告，又到了看戏的日子。野草般的童年仿佛那村前的白鹭，闪耀在我漫长的岁月中。而今，“地堂”变成了全新的大舞台，人们闲暇时节，茶余饭后都在这里唱歌跳舞，美好的生活使人忘记了这里曾是那个闭塞得只有故事的村庄。

故乡，在余光中的书里，只是一抹离愁。在我，是藏在心里的一颗珍珠，在光怪陆离的人生体验过后，总是熠熠生辉，照亮旅途。

“活色生香”的黄茅岭村

何春燕

一个周末的下午，我们从阳西县城驱车来到程村镇莲湖村委会黄茅岭自然村时，只见笔直硬底化村道纵横宽敞、交错有致，村道四通八达，一幢幢建筑风格整体统一的别墅如一处世外桃源出现在眼前，一行几个友人顾不上文人的矜持，纷纷发出了惊叹声。那天午后的阳光正好，不强不弱的光线落在脸上，让眼前黄茅岭的乡村建设增添了几分“活色生香”的韵味。

是的，那一刻，黄茅岭让我们能够想到的就是“活色生香”这个颜色鲜丽、香味浓郁的词语。元朝王恽在《繁杏锦鸠图》写道：“尽堪活色生香里，拥顾双栖过一春。”意思就是在颜色鲜丽、香味浓郁的甜美世界里，相拥过完一个美丽的春天。这种相同的意境、契合点好像让我们深深地体会到了。早就听说阳西县程村镇莲湖村委会黄茅岭自然村是一个世外桃源！我们一行是慕黄茅岭美名而来的。据热心的村民小组长陆达姜介绍，早在多年前，黄茅岭村外出企业家陆达清不仅多次捐资建设村道等公共设施，更是不惜出资帮村民建成了远近闻名的建筑风格整体统一的“别墅群”。以进入黄茅岭的村道为中轴线，一幢幢楼房依着左右两旁而建。左侧是两层高的文化活动中心，农家书屋和戏台等公共文化设施正在不断建设完善。右侧是村民的住宅楼，井然有序。一个原来是烂泥塘现在已改造成观光垂钓的观光池塘，四周立起了石围栏。环绕大池塘的是占地 18 亩的休闲公园，与民宅楼房相对而立，园内绿树成荫，彩色的石子路纵横交错。

看着眼前黄茅岭居住区 20 多幢与传统农村风格大大不同的“小洋房”，一幢挨着一幢地排列着，宛如一个城市的繁华小区。这就是充满了现代时尚气息的黄茅岭自然村！此情此景，真是与传统农村不可同日而语！我们同行的几个朋友满眼里都是羡慕的光芒，口中赞叹不已。我们的笑声里，那一刻都有一种遗憾，男的恨自己不是黄茅岭村人，女的怪自己为什么不嫁作黄茅岭村妇！

这次的探访，我们见到黄茅岭仍在大建设之中，多幢新建的洋房别墅接近完工。一座座楼房、一户户窗子，牵引着异乡创业的游子情怀。是谁，舞动了金秋，让大地芬芳，让乡村飘香？“看得见山，望得见水，记得住乡愁”，楼房青烟相映成趣，高树低柳俯仰生姿，绿草如茵，鲜花盛开，彩蝶飞舞。这是我们对黄茅岭自然村最为深刻的印象。

实施乡村振兴战略，良好的生态环境是基础。花团锦簇、绿树环绕、鸡犬相闻、欣欣向荣，一幢幢整齐的洋房别墅掩映在万绿丛中。此情此景，让我们感受到了黄茅岭的生态宜居气息，“绿水青山就是金山银山”的理念同时在这里得到充分的体现。

趁着乡村振兴战略的契机，在政府相关部门的支持下，更是在热心而有着家乡浓厚情怀的乡贤陆达清的资助下，今天的黄茅岭正全面推进美丽乡村建设，逐步形成综合观光、餐饮、避暑休闲等功能的绿色生态旅游村，不断擦亮“风景这边独好”的美丽乡村建设名片。现代新农村的美丽画卷真是令游人眼前一亮，流连忘返！

草木一秋，人生一世，守得“活色生香”的烟火气，又活得有趣，方为值得。深邃的炽热浇灌新农村建设路途，新的枝芽描绘起新世纪的脉络。万朵的芳华，凝聚鲜活的枝丫，共同描绘着新时代激荡下平凡而又不可或缺的底色！在黄茅岭炊烟袅袅与鸟语花香之间游走，透着惬意的田园气息，我们总能找到人生的那份悠然自得。

“何”塘月色

何金彩

我们村叫大洲村，村里人都姓何。村口有一个半圆形的水塘，有人说像半月，不管哪种说法，村里人说那是吉祥的寓意。七座古屋依塘而立，青砖灰瓦，古色古香，而我就在这个村子里长大。

明月皎皎照我床

小时候，村上的小孩最爱去水塘边上玩了，追蝴蝶、捕蜻蜓。微风拂过，水塘涟漪，荡漾而开。

水塘里养了很多鱼虾，都是别人承包的，一些孩子趁别人不注意时偷偷溜下水去抓小鱼，被发现时就赶快跑，真是惊险又刺激。晚饭后，忙了一天的乡亲们搬张竹椅子坐在水塘边闲聊，村子顿时多了几分热闹。

水塘里种满了荷花，叶大如箩，晨曦初起便盛满了露水，蜻蜓早早立上头。大雨过后最是欢乐，水塘水漫了，鱼儿一条一条地跳上岸来，在泥沼里翻身打滚，小孩们拿着网兜四处追赶，一不小心滑倒在地，可把水塘边上的大人笑开花了。

水塘上的月色最美，像一件金光粼粼的外衣披在水面，宛若地面的巨型半月，与天上远远的“小半月”相得益彰，别有一番风味。

我最喜欢趴在阁楼的小天窗上看月光了，月光像瀑布倾泻下来照在我的书台上，洒落在我的床头边，而窗外那一阵阵低吟的蛙声与虫鸣合奏的一曲曲动听的乡村月夜交响曲，温柔地伴我入睡。

我轻轻闭上眼睛，想象着自己漫步村中，走进祠堂，饱览它的雄伟壮观，那气势恢宏高耸的镬耳顶、栩栩如生的木浮雕令我遐想不断。祠堂旁的鸡蛋花树勃勃生机花开正浓。抚摸着炮楼、古石，走过古井、跑马道，钻进村后滩涂地的银叶树林，捉一会儿迷藏。在古村漫步穿梭，仿佛穿越历史，一种神秘威严感油然而生。突然阿妈的一声“妹仔，吃晚咯”让这恬静的时光多了一分烟火气。我慢悠悠地走在村落的青砖灰瓦间，聆听它们述说着光阴的故事，一直讲到很远很远……

今人不见古时月

不知何时起，水塘边上出现了一些垃圾，从小堆到大堆，从岸上到水里，烂衣服、烂鞋子、破玩具等一些乱七八糟的生活垃圾迅速蔓延，占领整个水塘。生活污水一桶接着一桶地往水塘浇灌，久而久之，一汪清水变成了一池黑墨，一池荷塘变成了一片深渊。

荷叶一片片腐烂枯死，浮萍迅速繁衍覆盖水面，掠夺氧气与阳光；虾死了，

鱼臭了……在炎热的阳光下，散发着阵阵的恶臭，曾经的月色荷塘变成了动物的“葬身之地”，怎么一个“臭”字了得啊！

小孩再也不敢去边上玩了，大人们路过更是捂着鼻子，曾经万人迷的水塘成了“万人嫌”。

就连天上的月亮都被臭味熏得躲在云层里久久不愿露面，它是在思念那一池绿荷吗？在回忆那一汪清水吗？在怀念那一池鱼虾吗？

我何曾不是呢？

我家门口就是地塘，曾经地塘是金黄色的晒谷场，是我和弟弟嬉戏的天堂，是大人们喝茶赏月的好去处，现如今成了垃圾回收站，夏天一打开门，一股浓浓的牛粪味扑鼻而来。

一场狂风暴雨后，古老的房子塌陷了，木梁子倒了，屋顶漏水了，墙壁倒塌了。年久失修的古屋大木门烂了，窗口爬满了青苔，门前长满了野草，门后堆满了垃圾，地塘也变得破烂不堪。由于垃圾长期堆积，阻碍了排水，一下大雨整个地塘变成了水塘，家里变成了水池。

年少时，一到下雨我们家门口的排水道就被塞满的垃圾堵得死死的，有一次排水直接淹上了灶头，柴湿了，电停了，我和弟弟饿得咕咕叫。妈妈拿着禾叉把堵在门口排水沟里的垃圾挖走，让水流动，可挖走一波又漂来一波，无穷无尽。家里的家具都被水泡了，等到水退，家里全是垃圾淤泥牛粪。

垃圾靠风刮、污水靠蒸发，牛粪四处“安家”，屋里屋外脏乱差。村民们陆续搬了出去，后来，我们家也搬走了。那年我 12 岁，离开了荷塘，离开了那轮既熟悉而又陌生的弯月。

碧玉荷塘月满院

2008 年，乘着广东省民间文化遗产抢救工程的春风，大洲村作为阳江市的唯一代表村从全省首批申报的 130 多个古村落中脱颖而出，荣获“广东省古村落”称号。

那段时间不少人群车辆陆续进村，他们拿着手机，扛着摄像机，在这儿拍拍、在那儿看看。村里的老人们说，政府要把咱村建设成旅游区。

这是真的吗？我不是在做梦吧！

当那条又红又大的庆祝横幅挂在地塘迎风飞舞时，我才知道这一切都是真的，我的家乡要腾飞了！

从那以后，村子慢慢变了，地塘的垃圾被清理了，村前村后杂草被连根拔起，破烂的房子补修了，祠堂翻新了，还建起了农家书屋，崭新的书架上分类摆满了各种各样的书籍。至今我还记得那个看守祠堂的老爷爷，每次我来到书屋，他总是亲切地招呼我，帮我选书，还不忘让我带几本回家看。他总是那么慈祥地叫我“妹仔”，嘱咐我好好读书。

2014 年，在阳西县开展“寻找美丽乡村”秋季考察活动中，我们村凭借古色古香的建设、淳朴的民风、历史悠久的文化底蕴，又从众多村子中脱颖而出。

近几年在新农村建设中，政府投入了大量的资金、人才、技术，狠抓农村生活垃圾治理工程，组织全体干部群众开展农村生活垃圾大清理行动，推行“户分类、村收集、市场化转运、县处理”的运作模式，进行农村垃圾整治。随着农村人居环境整治，“厕所革命”“三清理、三拆除、三整治”等活动纷纷展开，村道上的垃圾没了，水塘的漂浮物不见了，破烂的房子收拾干净了，杂物堆放整齐了，村子变得干净清爽了。村道硬底化、修建排水管道、通自来水、建小广场、建卫生站、建文体活动中心等，这些梦一样的场景今天都在农村实现了！

不仅如此，村后的滩涂地被改建成了休闲的竹林公园，臭气熏天的茅厕被全部拆除，并建成了现代化卫生间；从前一下雨全是淤泥的村后河堤铺上了干净的水泥，修建了栈道和休息驿站；从前被大水冲垮的炮楼经过修复以崭新的姿态重登历史舞台。政府还聘请了专业的设计团队对祠堂和古屋进行修复，使它们重现昔日的风采。

而半月水塘经过整治后，变干净了，周边的泥水路变成了水泥路，还修建了观景长廊，方便村民喝茶聊天欣赏新农村美景。

看到村里的变化后，母亲感叹道：“再也不怕下雨淹房子了！”如今住在城里的父母总是三天两头地往老家跑，看看田地，看看老房子，走走竹林公园……

近些年，国家大力发展乡村文化旅游，我们村前临池塘和良田，背靠竹林与河流，拥有着得天独厚的地理优势。在政府的支持整改下，锦上添花，成了远近闻名的旅游景点，这既激发了村民的内生动力，增强了村民荣誉感，也为不少留守村民提供了再就业的机会，让他们的生活过得更甜美。

以前羡慕城里好，现在人人都往村里跑。每年祭祖，定居在全国各地的乡亲父老们都往村子赶，甚至远居国外的乡贤都漂洋过海回家看看。

夜幕降临了，微风拂过，半月水塘泛起涟漪，天上的月色皎洁明亮，铺满了整个水塘，整个村子笼罩在一片银色的月光中，波光粼粼，重现“何塘月色”。

今天有着深厚的人文历史气息的大洲村已被列入“古村唱画”省级新农村示

范片，是阳西县文化乡村旅游核心区。节假日，不少人到大洲村游玩，走进大洲村，走进历史的光阴里，感受党和国家的方针政策带来的日新月异；感受古村 200 多年的厚重文化和历史积淀；感受新农村建设的新风貌；感受新农村人洋溢的幸福与自豪。

不仅大洲村，还有许多农村都在新农村建设中一改“灰头土脸”“脏乱差”的模样，焕然一新，历史文物得以修复保护，红色经典得以传承，生存环境得以改善，既刷新了农村的“颜值”，也提升了农村的“气质”。乡村旅游如雨后春笋……

感谢党，感谢祖国，感谢改革开放，感谢阳西的蓬勃发展！

响水桥前·元州岭

刘太考

“源出龙山响水河，几多彩石几多歌；潭作瑶琴桥作笛，四时高曲四时和。”这是阳西籍著名艺术家林德宏老先生对响水桥的描述。响水桥，是阳西县城至溪头镇必经的一道古桥，历经百年沧桑，温暖了时光，惊艳了岁月。

每当经过响水桥，总会忍不住驻车片刻，用心静静感受，凝望那茂盛的红树林、远处摇曳的小船，倾听潺潺流水。阳春二月，春暖花开。应市文联领导邀请，周日探访元州岭村——林德宏艺术碑楼，又一次回到了那久违的响水桥。

响水桥东侧，矗立着一座古老而现代的牌碑，上面用行草写着“元州岭”三个字，下面还镶嵌着一幅色彩鲜艳的山水画，左上角写着：“山山水水层层树，唤得春风入画来”，落款林德宏。画作充满了诗情画意。文化牌碑约两层楼高，设计独特，在响水河边，显得分外壮观。传统的书法与国画之美，跃然碑上。还没进村，就被这桥景、文化牌碑所陶醉。

汽车绕着文化牌碑向左转入，沿着大坝一侧缓缓驶下，向着山前的小村、矗立在村西侧呈品字形的青砖琉璃瓦的建筑物驶去。这标志性建筑物不是一般的农家别墅，而是我们正要访问的地方——林德宏艺术碑楼。车子停在楼旁的空地上。初来的客人，对这一切都感到陌生和好奇。眼前，一座座连绵起伏的青山，一望无边的田野，一排排青翠的绿树展现眼前。西北边的水上楼阁，河堤环山，曲径通幽；一池清泉映照着朱阁与后山。尤其是身旁的林德宏艺术碑楼，在村中如万绿丛中一点红，在绿林葱郁的山岭前，在绿油油的田野边，在弯弯的响水河旁，独具一格。

管理员崧叔非常热情，带我们走向艺术碑楼大门，大门两侧柱子上挂着一副阳西县文联原主席吴邦忠撰写的楹联：“山海相依阡陌纵横听田园牧歌此间多古韵，碑楼衬托艺廊影映看书画珍版世外有元村。”联意如画，山海相依，阡陌纵横，书香韵味，有幸缘在境中。而大门两边墙壁上，刻着林老写的古诗。首首古诗都表达了林老对家乡的眷恋和深情。

记得那是十年前的初秋，笔者和吴邦忠陪同林老，驱车从白土与潮丰村委交界的小路进入龙高山东北麓腹地。途中经过上、下沙罗水库流下的溪流，经过龙高山正面的根竹头和侧面大山田流下的溪流。清澈的溪流溢过低洼的路面，汽车驶过时，水花四溅，惊吓了鱼儿。林老还饶有兴致地下车观看，惊魂未定的鱼儿一会儿散一会儿聚，让林老触景生情。后来，林老画了几十幅关于鱼儿的写意画，还写了一首诗：“垌垌秋实喜田畴，拨青分绿过三流；鱼儿跃水迎宾客，话道常回故里游。”绕过金星村后，经过从石船水库流经滑桥学校旁的溪流，林老还记得少年在学校读书的时候，常和伙伴到溪边玩水，弄得湿漉漉的身子，爬到树上再往下跳，如青蛙跳水，不亦乐乎！进了滑桥学校，除了婆娑的影树（又名凤凰木）还印象深刻外，校容已今非昔比。于是，林老一时兴起，用粉笔在黑板上，左右手齐挥“龙山明月”，并写诗一首：“绿荫清流桥石间，书声琅琅水潺潺，难忘七十年前事，欣然双手写龙山。”

进入馆内，里面宽敞明亮。正面依然挂有林老应景对联：“溪出清流歌福地，头居胜景艳龙山。”四面墙壁上，贴着刻在石板上的各样书法、人物速写和版画等；二楼，各种表达手法的书法、山水国画等艺术作品更上一层楼。尤其两幅巨型山水画，一幅是《春驻不思归》，画内隐藏着大小各异蝴蝶一百个；另一幅是《秋光艳故乡》，画内隐藏着大小不一的一百个印章在里头。图画意境突出，艺术韵味浓厚。

林老高龄，已逾九十，但他心胸豁达，常以送给战友的赠言“名兮利兮平心过日子，苦也乐也一笑对人生”自勉自律。他的理想，如少年的心，充满了活力，充满了希望和期待。他对家乡的建设，常念念不忘，用隽永的艺术，以实际行动，身体力行去表达。除了建设好元州岭艺术碑楼，还要在村中建设许多文化景点，传承中华传统文化，发展乡村旅游文化，诸如：曲桥公园、元州岭驿站、断桥观光园等，彰显文化悠悠毓秀的元州岭。

元州岭人热爱家乡的传统自古至今皆有之。清康熙年间，林氏先祖率家眷从埠外迁来，在这东西有岭、岭背有海、有晒盐场、依山傍海的地方安居乐业，故取名为盐周岭。因为“盐”与“元”，“周”与“州”为本地谐音，后演变为“元州岭”。今天，以林老为代表，企业家林举威以及众乡贤为中坚力量，为家乡建设出谋划策，慷慨解囊，建设环村硬底公路，村中街道，灯光绿道，环山水渠，文化广场等，不遗余力。在地方党委政府的关怀帮助下，2015 年被列入省级新农村建设示范片核心村，使得这个逾百户、近千人口的山海小村一时名震四方。

元州岭村依托青山、江河、大海而建成的，以林德宏艺术碑楼为龙头的文化长廊，是振兴乡村经济、发展乡村旅游文化的重要组成部分，是融历史文化、地理位置、风土民情、结合时代背景，拟建成的一道沿江沿海的特色文化长廊。它联结东起广东古村落——大洲村，沿江而下，经鸡乸塱村（社会主义新农村示范村），延伸至石埗、白土（山歌之乡）联围的特殊地理位置，形成“古风唱画”的亮丽风景线。沿途线路仿古制作的坝墩，节节相连；硬底道路沿着河边、海边修建，曲曲弯弯；可观望江岸、海岸两边无限风光；可近看红树林、水中野鸭和成群的红嘴鹤；可遥望海中过往的大小船只……

响水河段，曾经是元州岭村及四乡八里水上交通要道，繁华的码头使得这里兴旺发达，是当年出外求发展的海上重要通道。林老小时候到阳江求学，就从这里乘船出发。乡人出外谋生，都得从这里乘船，到阳江、广州、香港、南洋等。元州岭如一颗璀璨明珠，在龙高山前，在南海之滨闪烁。正如林老的诗曰：“翠珠一颗嵌元州，新苗一垌绿油油；长虹一道村前过，响水一条傍岭流。”

离开林德宏艺术馆，车辆又转上了路口，沿着响水桥头的牌碑，那苍遒有劲行草“元州岭”以及下面那清新的山水画幅，还有那神奇的上联“响水桥下桥水响”又在耳际响起。顾名思义，“响水桥”乃地名，“下”方位词，“桥水响”的“响”倒过来，变成了动词。严格的对联，除了字词、平仄相对应外，词义要相近，意义融合，恰似一幅完整的山水画图。要觅到如此词义相近、意义融合的下联，确实不易。参观了林老的书画碑楼，感慨万千！林老已高龄，少小离家，在异乡昆明生活60多年，但乡音不改，乡情不变，除了捐赠1000幅字画给阳西县人民政府外，还义务教学，鼓励青少年，勤奋学习，弘扬国粹，珍视中华文化，乡梓之情溢于言表，正如他的诗句："滔滔南海情千万，难忘秋光艳故乡。"他言传身教，用书法艺术、用国画艺术去表达，他那无私奉献精神实乃难能可贵，尤其已是耄耋之年，仍在创作，憧憬未来。林老写过一副对联，挂在净业寺大雄宝殿里，联曰："大千世界，去去来来，了却了，了功了德，了了哉净业；垌应乾坤，虚虚实实，空也空，空阔空灵，空空兮禅林。"于是，吾自拟"净业寺上寺业净"对之，以飨吾意。

上了织溪公路，回望与元州岭一脉相连的龙高山，当地人称"双乳岭"，因两山峰相连，远远望去，黛青色的山峰似女人胸前隆起的双乳，因而得名。霞光下，更似金光灿灿的元宝。比金元宝还贵重的是山水与情义，千百年来，孕育了这一片土地和乡人。于是感曰："龙山远眺似金元，银水长流绕村前；画意诗情留千古，乡情无价逾光年。"

画风悠悠，毓秀元州岭村

冯家庆

深秋，走在响水河堤的村道上，沿路古船木桩头和网索组成的护栏，让这条乡村道路极具文艺范。左手边是响水河的淙淙流淌，绿水悠悠。偶有鹭鸟飞来，扎进河边的红树林里。右手边是稻浪千重，绿草包裹的田埂，把金黄的稻田分割成小块，黄绿相间，阡陌分明，宛如大自然的调色板。村道弯弯蔓延，置身其间，举目四望，远山青翠连绵，眼前稻浪滔滔，如诗如画。村道入口处立着一个 3 米多高的牌楼，写着“元州岭”，为该村文化名人、著名画家林德宏手书。该村始建于清康熙年间，距今已经有 300 多年了。村的东南面有一座海拔 200 多米的小岭头，岭背是盐场，村民将岭取名为“盐周岭”，因谐音简化为“元州岭”。岭下村则取名为“元州岭村”，至于是“村以岭名”，还是“岭因村名”，则无法考证了。

作为阳西县“古风唱画”省级新农村示范片的五个核心村之一，村里处处洋溢着文化气息。文化建村，成了元州岭村一张崭新的名片。

文艺范和元州岭村是绝配。该村是阳西籍著名书画家林德宏的家乡。林德宏，男，1930 年出生，曾任昆明市美术家协会及书法家协会主席，中国美术家、书法家、版画家协会会员，人称诗书画三绝，尤工版画，版画作品《老来俏》斩获“鲁迅版画奖”，《江水流不尽》《草原初醒》等作品先后刊载于《人民日报》《解放军报》，并在匈牙利等东欧国家展出。在《版画》发表多幅高水平作品和多篇相关论文，好评如潮。

村里新建的林德宏艺术馆已完工，将对村民开放。作为从村里走出去的著名画家，林德宏主动捐赠一千多幅画作回乡，用于艺术馆展览，县里还计划将其代表作雕刻在石碑上，永久保存在艺术馆内。在艺术馆的带动下，村里越来越多的孩子喜欢画画，文化的熏陶对于孩子们的成长潜移默化又立竿见影，对乡村的长远发展更是意义重大。在阳西，村里能建起艺术馆的，可是屈指可数的了，元州岭的村民有福了！

在美丽乡村建设的大潮中，村民利用得天独厚的生态资源和画家林德宏的文化资源，走出了一条文化型乡村旅游发展道路，不少文人墨客慕名而来，感受乡村艺术魅力。村里的农田除了经营现代生态农业外，还计划种植油菜花等观光花卉，发展观光农业，多元化产业发展，让村民的生活也有了盼头。

村中农舍干净整洁，巷道虽小但条条笔直，民房大多数是温馨舒适的小洋楼，院子和房前屋后的菜园都用篱笆围了起来，美观雅致又简朴实用。污水处理、卫厕改造、路灯设置等硬件设施逐步完成，村容村貌焕然一新。当前正在开发村后山林为村民公园，艺术范的元州岭，正在不断拓展它的景深。行走在村中，最引人注目的是那一幅幅精美的画作：后山挡土墙上的“江南春晓”，大路旁边农舍墙壁上的“社会主义核心价值观”“鹅凰远眺”“大树岛”“大水牛”及“孝心可嘉”……这些精美的画作不但美化了村容，而且弘扬了中华民族传统美德，还传播了正能量。村道两旁种着各种绿化树，整个村子鸟语花香，艺术气氛十分浓郁。

好生态带来好发展，道路宽阔，巷道笔直，村容整洁，幼童们在乡村小道上互相追逐嬉戏，农家小院的蔬果缀满枝头。如今的元州岭村一派田园风光，色彩斑斓，令人迷醉。村民期盼的美丽村居，正由梦想变成现实。

南珠村：美丽的南国明珠

小艾

南珠村获得“广东省美丽乡村”“广东名村”“广东省宜居示范村庄”“广东省级卫生村”等荣誉称号，成为儒洞镇社会主义新农村建设的典型代表，多年前就被人们誉为“粤西最美丽的乡村”。

村场位于阳西县南部，距镇政府 3 公里。始建于 2012 年，是儒洞镇南洞村委会新规划建设的扶贫开发村，取南洞村委会之“南”、广州珠江啤酒集团有限公司之“珠”而命名，寓意为南国村落中的一颗璀璨明珠。

走进南珠村，宛如走入一个城市小区。沿着安居房旁的水泥路一路走下去，新建的文化公园首先映入眼帘，绿地环绕，池塘山丘交相辉映，石材桌椅错落有致，是村民休闲娱乐的绝佳场所。文化公园对面是新落成的文化活动中心，两个书架排满了图书，有村民在农家书屋正读得津津有味。23 盏太阳能路灯排列整齐，给南珠村的夜晚添上靓丽的光芒，环保而舒适。一排排的独栋小别墅，采光通风俱佳。干净整洁的村道，宽阔笔直的街道，找不到一点垃圾。这个由阳西县各级党委政府和帮扶单位广州珠江啤酒集团有限公司携手扶贫共建的“洋楼”乡村，也是一个蕴含山村风情和城市特色的美丽新农村。2012 年 1 月开始筹备工作，4 月 2 日正式奠基建设，当年 10 月底全部竣工，11 月 18 日分房到贫困户。全村共有 32 幢小洋楼，占地面积 1.53 万平方米，建筑面积 3422 平方米，总投资约 900 万元。新村由中山设计院统一规划和设计，每幢小洋楼为一层半，占地面积 70 平方米，建筑面积 107.5 平方米，内设四房一厅、两厕，门前一个小院子，厨房则按当地农村生活习惯单独设计，水电统一安装，每户配备一个太阳能热水器和一台 32 英寸液晶电视。村前的小公园，绿树成荫，花草飘香，既有城市的时尚风格，又富有乡村的纯朴风情。

自从建好南珠村之后，村民们满怀感恩之情呵护乡村的一草一木，一街一巷。每天，两个保洁员挨家挨户收集垃圾，运到垃圾屋。这个村的街道每天都有人打扫，由四个人整理公园的杂草。排污排水方面，每栋都有三级化粪池，排出的污水就排到水塘里，用水浮莲进行净化。主干道上有垃圾桶，巷道和绿化带里看不到任何垃圾。据南珠村负责人介绍，村里的道路和公园杂草都有专人打扫，而且每天派人定时定点收集、清运垃圾，村民都自觉履行门前三包任务。

春日访会众坡

王清兰

从县城去上洋镇办事来回的路上，我总会侧目路旁一座楼碑，上书“会众坡大道”。会众坡，这村名于我竟有种祥和的神秘感，问了好些人这村名的来历，但都语焉不详。我百度了一下，知道会众坡是上洋镇菩提村委会的一个小自然村。

春日融融中，偷得浮生半日闲，我一个人开车到了会众坡，不为游玩，只为近距离接触这个让我心怀无限念想的小村庄。

车子拐进“会众坡大道”，远远地看到青山隐隐之下的村庄，一条环村大道如白练挂在青山下，大道两旁繁花似锦，荔枝、龙眼正抽花，摇下车窗，清香扑鼻而来，我心中立刻生出无限喜悦，直接开车绕村一周，再步行。

将车停在村口的文化广场，我轻轻踱进村庄路口，生怕惊扰了眼前的静谧。孩子们的嬉闹声将我引到一户人家门前，我上前与坐在门口闲谈的乡亲们打过招呼。一位大婶爽朗地笑着说，我们村漂亮吧？我们都自豪啊，村里新建了文化广场、环村绿道，引进了自来水，环境不比城里差呢，很多已搬出村子的人又回来建房子住呢。大婶建议我到村头的公园看看，并说公园正在建设中。

谢过乡亲们，我继续漫步，心中一直感叹村庄的整洁，几乎看不到生活垃圾，即便是家用的柴草与杂物，都堆放整齐，巷口的空地也不见杂草，同样打理得干净整齐。乡亲门口大多种上鲜花，有些还摆着漂亮的石凳。闲暇时，他们定会在门口泡一壶茶，下几盘棋，听几支曲吧？

不知不觉中，到了村北边的小公园，在建中的小公园有些许凌乱，但已初见模型。让我欣喜的是，在这里竟见到了过去常见、而今却难得一遇的一些物什，高高的砖砌大烟囱让我想起了童年时村中糖厂传出的、让我与小伙伴流口水的蔗糖香味；笨重的大石碌让我忆起了收割时村外打谷场的热闹，大水牛拉着石碌碾过撒开的水稻面，几刻钟后，大人们用禾叉翻开水稻秆，黄澄澄的稻谷就卧在下面了；直而正的四条石柱支起冬天牛儿避寒的草棚，我们一班小孩常躲藏在禾草棚里，任由大人怎样呼唤也装作没听见，吱吱吱的笑声出卖自己后，招来大人好一顿呵斥。

呼吸着村边荔枝、龙眼的清新花香，贪恋地在村里转了几圈，最终又移步回到了文化广场，村外一座水口庙香火缭绕，不远处的山坡上，牛儿吃草正欢……

冬日黄昏访咸水寨

王清兰

听说过程村镇的咸水寨于 2001 年就通过了省文明示范村的验收，成为阳江市首个省级精神文明示范村，并连年被评为阳江市文明村；听说过该村乡贤袁氏勇闯天下、衣锦还乡后，深情反哺故里的传奇故事；听说过该村沿水而建、村中不论是灵秀的自然环境还是精良的文化设施，无不处处濡养着村民的心灵……仲冬的一个下午，与文友阿燕相约前往程村镇她朋友果园里摘红光橙，我建议早些从果园出来，顺路去咸水寨看看，去体验一下该村烟火人家、乐山乐海乐家园的怡然自得。

近黄昏时候，我们在导航仪上输入“罗岗咸水寨”，不一会儿就到了目的地。隔着车窗，绿树掩映中，一座小假山赫然入目，假山上阴刻着“咸水寨”三个秀气的大字。将车子停在村口，我们打算步行进去，好好地看看我心心念念的美丽乡村。

村前的“思进亭”“思源亭”中，已坐满三三两两早早吃过晚饭的乡亲。一旁的小型运动场里，几个调皮小孩玩兴正浓，屋里隐约传出大人呼唤或呵斥孩子的声音。不远处，一个半月形的鱼塘在夕照下波光闪闪，水中倒映着天上的云霞千变万化。此时，乡亲们大多正在生火做饭，“暧暧远人村，依依墟里烟”不正是眼前的闲淡冲远吗？我停下了脚步，且让心灵陶醉一下吧。“咩咩咩”几声羊儿的欢叫将我从陶醉中拉回现实，定睛一看，只见一只黑色小山羊朝这边走来。

我蹲下来，它竟安静地在我面前停下了，眼睛忽闪忽闪地望着我，让人恍如置身于一个瑰丽的童话世界……不远处的阳湛高铁传来几声动车的长鸣，让我们感觉到远方城市的繁华与眼前村庄的宁静在此和谐地交汇与碰撞。

沿着硬底的环村道路，我们在几位热心乡亲的陪同下游览了一番。雕花画凤的老屋、古色古香的祠堂、修缮一新的水井……最让人感叹的还是村中集文化室、电教室、广播室于一体的文化楼和文化广场。早就听说，该村在加强硬件建设的同时，还大力加强精神文明建设，在文化室内设立了图书馆，每天进行广播，制订村规民约，成立了环卫队、治安队、村民调解协会，并一直坚持开展创建文明户、文明家庭和文明个人活动。文化楼的门口挂着“广东名村”“广东卫生村”“广东省生态示范村”“阳西县程村诗社”等众多的牌匾告诉了我们，在物质的保障下，精神的丰赡才可让人们从低俗走向高尚。

夜色降临，村中亮起了路灯，乡亲们陆陆续续从家中出来运动了，灯光球场上小伙子们的拍球声、运动设施上孩子们的欢呼声、文化广场上妇女们跳舞的音乐声，拉开了咸水寨夜晚生活的序幕。

北寮，诗意栖居的乡野天堂

清谷幽兰

北寮，一个集海、林、鸟、宫、港于一体的滨海渔村，一个可让你心灵放松、灵魂回归的乡野天堂！腻了城市的喧嚣，不妨来这里寻一份烟火之中的诗意栖居，寻一份心灵上的惬意与满足。

从溪头圩出发，不出3公里，一路田园、海景未及细看，就已抵达北寮。村前一个鱼塘挡住外界的拥堵与喧哗，一下子让我们进入乡野的宁静与质朴中来。据说，北寮村原名碧寮村，“碧”与“北”谐音，渐渐地改称北寮村，又因“北”属水，北寮村三面环海，是海滋养了一代又一代的北寮乡民。无疑，“北寮”一名更能贴合以海上渔业为重的村民对美好生活与健康平安的渴望。甫进村，村里人家的屋檐下用竹筛晾晒着的一排排小毛虾正散发着阳光与海水的清香，人们悠然自乐，你或会想起《桃花源记》中的“土地平旷，屋舍俨然，有良田美池桑竹之属……黄发垂髫，并怡然自乐”。现世安稳，岁月静好，淳朴村野，海风林韵，尽可诗意栖居！

来北寮吧，在村东边历史悠久的天后宫里，向慈眉善目的妈祖祈祷风调雨顺国泰民安。来天后宫左右两边的后恩亭与天惠亭休憩一下，海风习习，思接千古，我们可以想象不远处古埠头今昔一如既往的热闹景象。北寮天后宫背临南海，百余米之外，就是北寮古埠头。过去，越南、广西、海南、海陵、闸坡、平冈等过往船只，都到古埠头泊岸，上货落客，不问商船何处来，心心相照喜颜开。凡到溪头渔港避风、贸易的船只，都会到天后宫膜拜妈祖海神，上香祈愿。

天后宫西边的一口古井，水质清冽，甘甜可口，终年不枯，被人们奉为“圣井”。悠悠古井见证了千百年来溪头地区渔业、商贸往来的繁荣。而今，古井修葺一新，迎接远方游人参观游览。

来北寮吧，沿着海堤，看潮起潮落，听鸥鹭和鸣。行至村东的红树林，远望海上船来船往，近观红树林里树影婆娑，鸥鹭翔集，欢快的“吱吱喳喳”声不绝于耳。不远处，一些摄影发烧友架起“长枪短炮”正在捕捉镜头。远天近水，海涛帆影，鸥鹭忘机，渔歌唱晚，一幅幅诗意盎然的作品或将新鲜出炉……北寮的红树林，不负“广东十大观鸟胜地”的称誉。得天独厚，这里是诸多鸟类的家园或长途迁徙的中转站。若在每年的11月至次年的4月和5月间候鸟迁徙的季节，一群群候鸟在此翩跹起舞，蔚为壮观，让你叹为观止！

来北寮吧，傍晚时分，潮水渐渐退去，提起水桶、拿起铁锹，村北边的小海一定让你饱览海景的同时收获满满，让你品尝一下得到大海无私馈赠时的喜悦。这里沙白水清，海滩与东边的红树林连为一体，海水退潮后，无数的贝类、鱼虾蟹被留在沙滩上，自然成了栖居于红树林的鸟类的天然餐桌。动动手，不一会儿，你的水桶里就可装满活蹦乱跳的海鲜了。

来北寮吧，滨海胜景看不足。若行累了，踱进村里的文化楼和农家书屋里，随乡亲们一起观书赏画，下几盘棋，或听他们聊聊海边故事、家里短长……

织篢农场的绿色之梦

吴天祥

织篢农场横跨织篢、塘口、儒洞、新墟等四个乡镇，东西相距 80 多公里，犹如一条绿带环绕在阳西县城四周。

从广东茂阳高速公路阳西段出口，北行约 3 公里就到了织篢农场。走进农场，一股清新空气扑鼻而来，全身也突然有凉飕飕的感觉。而映入眼帘的是凤凰大道两旁一座座别墅、公寓，还有绿荫掩映下的水库移民新村，职工宿舍楼、机关、学校、医院等建筑物都错落有致地排列着。它们沐浴在晨曦中显得特别的静谧。场内道路宽敞，花木葳蕤生姿，职工们怡然自得。一条条宽阔的硬底化水泥路通向连队、也通向县城，把外面的世界连在一起：货车、公交车、小车，来来往往穿梭其中。而四周是一座座连绵起伏的小山丘。山丘上被一种叫“绿”的东西包裹得严严实实密不透风：龙眼树、荔枝树、菠萝树、柑橘树、香蕉树，一排排、一片片，郁郁葱葱，绿得青翠、绿得光亮；远处那一片片茂盛的橡胶林大海似的延绵不断，更是绿得耀眼、

绿得炫目了……

来到农场，不得不逛逛在“美丽乡村”建设中“后起之秀”的公园：凤湖公园、后山公园、知青公园、党建公园、廉政公园，这些或大或小的公园犹如绿色的翡翠点缀着农场。优哉游哉地漫步在公园里，既获得文化的熏陶又给人无限的遐想，何乐而不为呢？

凤湖公园就在凤地学校大门口的右侧，园门一块椭圆形的石头上刻着的“农业部美丽乡村建设试点”几个鲜红的大字特别的醒目耀眼！

园中绿树成荫，百花争艳。绿树红花环绕着的一湾湖就叫凤湖。墨绿墨绿的湖面静得像一面镜子。一九曲桥跨湖而过，桥下轻舟两叶，泛起星光点点。沿湖路边，有龙船花、狗牙花、满天星等知名或不知名的鲜花簇拥着：紫红、碧绿、鹅黄、层层叠叠，交错生辉，煞是好看！湖上有亭俨然，园内石椅一字摆开。

湖的旁边那座小山就是桃花、樱花观赏区。观赏区与湖连成一体，有山有水相得益彰。分别从6条石梯可上，观赏小区中还有一环山路。石梯和山路将桃花、樱花观赏区分成6个区域，桃花、樱花就分布在各区中，其中还有四季常青的桂子树。

每到春季，桃花、樱花争相开放。漫山漫岭，红的花，绿的叶，简直就是花的海洋、绿的海洋。慕名前来观赏的人络绎不绝。虽然我来的时候不是桃花樱花开放的季节，但是我仍然感觉到游客们观花时“人面桃花相映红”的情景，仿佛听到游客们流连忘返地穿梭在花海中的欢声笑语！

站在观花亭，极目远眺，满目的绿色、农场美景尽收眼底，一阵风吹来，“绿波”荡漾，而那纵横交错的马路、那绿荫掩映错落有致的机关大楼、职工宿舍与色彩斑斓的各种花草树木交织在一起，构成了一幅美丽的田园画卷，犹如一块大自然的多彩调色板，美不胜收！

廉政公园，则以凤湖公园为依托，环湖而建，那或圆形或扇形的观景牌在提醒广大党员干部必须牢固树立正确的意识，严格遵守廉洁从政的各项规定，常修为政之德，常思贪欲之害，常怀律己之心；也在警示党员干部要时刻保持清正廉洁！

“凤湖公园是农业部美丽乡村试点项目，同时也是美丽农场的一个缩影。”随行的党委书记王希略如是说。

知青公园就在机关大楼的左侧。园门两旁的杜鹃花开得火一样的艳，左边扇形的观景牌上“不忘初心，牢记使命”几个大字赫然在目。

进入园门，沿石级而上就来到了知青广场。广场呈椭圆形，红的紫的各种各样的花把广场围成一个圈。广场四周每隔几步就有一张双人座靠背大理石椅。广场中央有一座人物雕像，雕像由生产战士、武装战士、割胶女战士组成。

广场原是农场知青年代的政治文化中心，在保留原建筑的基础上改建而成。

知青公园的落成，是孵化和传承知青红色基因教育的一项工程，是知青们对农场这个第二故乡绿叶连着根暖心情感的象征，是知青文化和精神的延续与传承，也是农场美丽乡村建设的重要内容。

站在雕像面前，我的思维穿越了时空：20 世纪 50 年代初，美国及其西方盟国对中国实施橡胶等物资禁运，党中央做出“一定要建立我们自己的橡胶生产基地”的决定。广东农垦人肩负重任……

站在雕像面前，我仿佛看到了：在那个垦荒的年代，荒山野岭中，知青们驱猛兽、赶蚊虫毒蛇，与山蚂蟥、蚂蚁为伍的身影。我仿佛听到了：在大林莽莽的瘴气里，睡在露天油布上的他们，半夜里与老虎搏斗的惊叫声，活活被毒蛇咬死的惨叫声……

也许人们没有忘记，1982 年我国向世界宣布，我国橡胶北移种植成功的那激动人心的时刻！

忘记历史就是背叛未来。聪明的新一代农垦人没有辜负前辈的期望，没有忘记历史使命与责任，他们继往开来勇往直前！

沿着办公楼后面的石梯而上，就到后山公园了。漫步在后山公园，这里有柳暗花明又一村的惊喜，也有曲径通幽的神秘。走进公园，你会发现，地是绿的，树是绿的，草也是绿的。“绿毯”上还绣着各种各样青翠欲滴的鲜花。整个公园里的线条总是那么柔美，就像只用绿色渲染、不用墨线勾勒的中国画那样，到处翠色欲流，轻轻流入云际。这种境界，叫人舒服，令人忘返。

党建公园就围绕机关大楼而建。各类建筑均以红色为基调，突出红色文化主题，与周边绿色景观相互映衬，和谐统一，令人赏心悦目，让职工群众在休闲娱乐、欣赏美景的同时，接受党建文化熏陶。

农场党委王书记介绍，近几年来，农场本着与阳西县城比邻的地域优势，依靠国家优惠政策，农场致力推进美丽乡村建设，加快农村基础设施建设、环境卫生整治和村居植绿覆绿步伐，绘就了一幅乡村秀美新画卷。美丽乡村建设已成为农场一道靓丽的风景线！成为农场一道靓丽的风景线！

是啊，老一代农垦人用生命创造了绿色，而新一代农垦人却把绿色注入了自己的生命。生命因为有了绿色变得有意义而又深远了。

在新政策新理念的引导下，农垦人开始走混合多元化的发展之路，开始把目光投向市场投向远方。水产业、养殖业、种植业、肥业，公司应运而生！在绿鲜超市里，我感受到了农场菜篮子工程的殷实；在千亩绿茶基地和繁花似锦的花木场中，我看到了农场绿色事业未来的希望……

绿色是奉献，是希望！农场的梦想就是绿色的梦想，农场的事业就是绿色的事业，农场的希望就是绿色的希望！

不知不觉已是傍晚时分，有优美的舞曲声从农场的公园响起：男女老幼翩翩起舞；篮球场上传来观众的阵阵喝彩声……

华灯初上，万家灯火。独自流连在织篢农场“美丽乡村”的百亩公园里，看着灯火辉煌的凤凰大道仍然是车水马龙。而此时此刻，我思绪万千，但我能说什么呢？我只能在心中默默地祝愿，祝愿我们曾经生活过的这片红土地的绿色之梦、绿色事业能常“绿”常“青”，能走出国门走向未来！

古树成佳景，书香沐新村

陈文忠

邻居姓谭，是织篢镇石埗村人。十几年来老谭夫妇多次对我讲老家村中有许多古树，建议我去参观、写生。我知道溪头公路临近白土村的西边就是石埗村，无数次经过那里，却一直没有走进村里，望着路边一排排高矮不一的平顶小楼房，心中想象不出一幅“古树成林”的图景。前年的秋天，我初识石埗村，就喜欢上它了。一年来，我曾 4 次走进石埗村，先后共有 20 多人同行，他们都认为石埗村是一个自然风光秀丽、文化氛围浓厚的新农村。

前年金秋，我与朋友专程去寻找古树写生，终于一睹石埗村真容。石埗村临近溪头公路的房屋分两排，形成一条笔直的街道，有两车道宽，两边还有一些巷道，与县城的自建房小区一般，房屋不算太高，多是三四层。这里住的是石埗村先富起来的一部分村民。当然，还有一部分更富的村民搬到县城甚至更大的城市居住了。村道长三四百米，尽头处是一片树林。树林在公路外面是看不见的，被楼房遮住了。走进树林，发现林中树木茂密，树干形态各异，有的高大挺拔，有的枝干奇特，有的藤蔓缠绕，有的绿叶婆娑……这是一个公园，林中铺有水泥路，建有凉亭，摆着石台、石凳。沿着林中小路走，欣赏着各种树木，仿如身处远方，漫步在一个著名风景区的公园里。这时，我忘却了城里的尘嚣、嘈杂，身边听到欢快的鸟声，贪婪地吸着清新的空气，脚踩着软软的落叶，我充满遐想……更惊喜的是，见到几棵更高大的树，不知树名，形态独特，其中两棵盘曲向上，枝叶茂密，一棵黄叶萧疏，枯枝刺天；一棵粗干横斜，凌空出林。一些粗壮的藤蔓缠绕在周围。大树那边是金黄的稻田，令人眼界豁然开朗。稻田远处群山起伏，那边就是龙高山，山势雄奇。树林与稻田之间一条小河轻轻流过，河水清澈见底，有小鱼畅游水中。

我在树荫下，对着斜向稻田的古树，信笔而画，水墨在宣纸上游走，很快就完成了一幅写生图。随后，我又找到两棵古榕，其中一棵是我见过最大的榕树，估计在阳西是第一大树了。树的主干估计3人都难以合抱，虬曲苍劲，粗枝雄奇，爬满小小青藤，四面盘曲伸张，绿叶成团成簇，仿如一群巨龙藏在绿荫起舞。画到纸上，成了我相当满意的一幅写生图。日暮时分，我们收拾好画具，匆匆起程回家，见到一个大大的文化广场，有篮球场、乒乓球台等健身设施。石埗村，风景美丽且有文化内涵，真不简单！

第二次到石埗村，是前年元旦假期。我参加省级新农村示范片涂鸦（墙绘），我用手中的画笔给石埗村来了个锦上添花。那天早上，我趁着朝阳，在文化广场旁的一面墙壁上，精心设计了“产业兴旺、生态宜居、乡风文明、治理有效、生活富裕”为内容的宣传标语，大家一起配上图画。我想，石埗村是配得上这20个字的。随后，我们一连创作了8幅壁画，以“礼、义、仁、廉、信、福”等为主题。村民们也表现出极大的热情，他们热心地配合我们，邀请我们给自家粉刷一新的墙壁作画，给我们打水，热心回答我们的所有问题。有好几位村民还细心地观看我们作画，坦率评论。从他们的点评中，可知他们具有较好的文化素养，也懂得欣赏传统书画艺术。村民们给予我们热情的赞誉和鼓励，我们也不敢懈怠，认真描绘好每一幅画。画累了，我在广场四处走访、留心察看，了解到石埗村是织篢镇第一大村，其建村历史悠久，村民生活较好。

读了《阳西县石埗村文化广场六大工程建设碑记》，我了解到这个文化广场建于2012年6月，历时一年建好，是由村民捐款近180万元筹建的，其中乡贤谭水养捐款 120 万，且设计筹谋，不惮劳苦。除了文化广场，还建有文化室、村委办公室、休闲凉亭、原生态公园、村道路灯等设备设施。文化广场有一条长廊，两长排水泥板凳，可坐百人以上，摆着石台、石椅、木椅、公用电视，有乒乓球台、篮球场。旁边的大片空地安装了一批健身器材。好几个大花池，圈着几棵大树，还有好多个宣传专栏、宣传牌。村民反映，在 20 世纪 90 年代，自从有了这个文化广场，村风转变得好多了。

第三次到石埗村是去年深秋，也是禾熟时节。这次我见到的石埗村更美，我和筑梦读书会一班书友十几人一起，同事“随心”（微信名）是石埗村人，儿时在村里长大，她当导游。苏会长和众书友第一次到石埗村，美丽的村容惊艳了他们的眼球，他们像小孩子一样在树林中走来走去，甚至坐着藤条荡秋千。龙高山云雾凝成的河水绕着村子，汩汩而过，依然那么清冽。靠着稻田那边修建了一条环村水泥公路，我们曾经写生的那个地方架起了一道拱桥。那道美丽的白色弧线在金黄的稻田映衬下，格外显眼，与绿色的树林相接，又那么和谐。走入村中，文化广场上的宣传专栏、宣传牌内容已更新，展示着“社会主义核心价值观”“不忘初心，牢记使命”“四个意识”“学习贯彻落实十九大精神”和新农村建设等内容。走进村中小巷，发现那些老屋多是青砖砌成，瓦面完好，估计多建造于20世纪80年代，纵横有序，巷道都铺着水泥。村中老人与我们闲聊，谈吐竟也不俗。走着走着，发现一个新建的高大的戏台，差不多县城文化广场的舞台那么大，还多了个用混凝土盖成的顶棚，可以遮风挡雨。戏台两旁的柱子上贴着对联，那书法写得字体端庄、厚重，笔法娴熟。同事“随心”告诉我们，是她父亲写的。

夕阳西下，我们沿着环村公路走出来，太阳余晖铺在沉甸甸的稻穗上，田野变得金灿灿的一大片。石埗村，辛勤的耕耘换来了大丰收。晚上，我写了一首七律《石埗村采风》：“公园漫步到村东，远眺龙高山势雄。老树小桥依绿水，金秋旷野戏飞鸿。辛勤重学多梁栋，儒雅闲聊有媪翁。文化广场新设备，书香润泽育家风。”

石埗村，让我收获了诗情画意。

冬至次日，我第四次深入石埗村，在邻居老谭夫妇引领下，我见到了石埗村的海，看到了一个致富不忘读书的石埗村。村东面，隔着七八百米的稻田，就是海。海边一大片滩涂和红树林，滩涂被分割围成一个个鱼塘、虾塘，像一个个大小不一的湖泊。滩涂的出租让石埗村多了一笔收入。堤坝上生长着茂盛的芦苇，虽是冬天，白色的芦苇花灿烂地开着，沿路都是，衬着微波粼粼的水面，让我多么想吟唱古诗《蒹葭》："蒹葭苍苍……"忽然，一只硕大的白鹤穿过芦苇丛，飞到我们跟前，旁若无人地飞舞，又掠过水面，惊起一群小鸟。小鸟很多、很小，飞起来像麻雀，落在海滩上，像是沙滩上撒满了黑色的小石子。白鹤飞到鹤群，又带着一群白鹤在水面飞翔。我见到的每个塘都有鹤群，白鹤和各种小鸟在这里和谐地栖居。这里，也成了鸟的天堂。老谭指着身边的一个大虾塘说，这个塘约有水面100亩，每年有12万元的租金，他家也占有一份。这里的浅海适合养殖，水产资源丰富。石埗村边的海与程村、溪头的海紧密相依，所产的海鲜都质量上乘。这里也养蚝，蚝的质地、味道堪比名气远扬的程村蚝，甚至更肥大些。我们还登上一个铁架，观赏红树林。非常茂密的红树林，连着岸边，接到织篢河。织篢河的两岸都是绿树，聚成一条蓝绿相依的长飘带。这绿色把阳西人民的母亲河与大海紧密连接着。

下午3点左右，老谭又自豪地带我们开车从环村新路驶入文化广场。我发现路边的公园变得更加干净雅致了，大树旁边的杂草、小树被清理了，路边新安装了路灯，村边竖起了"阳西县古风唱画省级新农村示范片"巨幅宣传画和规划图。文化广场上，十几位老人散坐在广场的文化长廊中间，有的在看电视，有的在闲聊。这次我发现这里还有个"公共电子阅览室"牌匾，是广东省文化厅、财政厅颁发的，一个"阳江市十大最美乡村公园"牌匾，是由阳江市人民政府在2018年3月颁发的，我不禁为石埗村感到自豪，也为阳西感到自豪。一条横幅格外引人注目，写着"石埗村奖学助学会第二届理事会换届暨2018年奖学助学颁发大会"。我再细心观看，墙上还贴有好几张红色的光荣榜，详细抄录着近几年该村考上大学的学生名单、录取院校，其中2018年考上大学共有8人，奖学金多的2000元，少的1000元。还有一张写着考上市、县重点高中的学生名单，奖学金每人500元；一张写着优秀小学生的名单，还有一张写着2015年以来的捐款光荣榜，其中本年的捐款合计24100元。光荣榜的落款是石埗村奖学助学会。真想不到，村里竟有这么隆重的奖学助学活动！多么关爱学子，多么重视读书的村庄！这令我肃然起敬！

广场中间，一对夫妇忙着把铺晒在水泥地面的谷子收拢成堆。我们男女老少7个人兴致勃勃地围上去，抢过夫妇俩的箩帚、铲子、斗、刷子等农具，一会儿就把农活儿干完了。我们开心得就像是收自家的稻谷，一点儿都不觉得累。老谭说："家乡的米特别好吃，煮饭特别香。"听他这样说，我们到这对夫妇家中共买了4大麻包袋谷子，共300多斤。我利索地把我买的那包谷子搬上车，很想快点儿吃上这地道的农家米。看着石埗村，我仿佛欣赏着一幅山水田园画卷，望着青砖瓦屋上的几缕炊烟，仿佛嗅到了浓浓的饭香。

每一次到石埗村，我都有不同的发现，也有不同的收获。我越来越喜欢石埗村，它不仅有着悠久的村史，而且依山傍海、风光秀丽、布局合理，村风建设也颇有成效，成为我县新农村建设的典范。

景美人和的杨桃树村

陈文忠

前年秋收时节，我和画友到野外写生，走进塘口镇往浸霁湾的公路上，我抱着试一试的心态，开车往下垌驶入，一个桃源般的小村惊艳了我的画笔，淳朴的村风民意也留给我深刻的印象。这，便是杨桃树村。

经过下垌村委会，路边的宣传栏显示这里正在创建新农村示范村，窄小的水泥乡道在施工扩宽。穿过一片树林，眼前一条小河，浮着一群白鸭子，这景象似曾相识，勾起了我对童年生活的回忆。小路经过小河，对面是稻田，田野开阔，禾苗有的已收割。不远处一个村庄，绿树掩映，更远处群山连绵，渐远渐朦胧，让我想到了米芾书法字帖上的诗句“淡墨秋山画远天”。我对画友说：“这地方入画！”我们决定到村中走走，寻找最佳写生点。车在慢慢行驶，我忍不住偷看两边的田园风光，左边的稻田由低往高，直至山脚，一条小河蜿蜒而过，不正是王安石诗中“一水护田将绿绕”之景吗？山不是很高，是我们丘陵地带常见的小山脉，但连着这些稻田，群山层层相叠，起伏连绵，由西往北而不断绝，似用墨绿染成，颇有元明山水画的远山意韵。右前方的稻田相对平坦些，田间种着甘蔗、玉米、番薯等农作物。不远处几丛竹子，显得格外修长，竹尾婀娜，随风轻摆，不时有小鸟在田间飞起，掠过竹林，飞向远山。田间劳作的人很少，路边有人在菜地淋蔬菜。因要开车，也不敢细看。车在田间小路驶了四五百米，一路景色美不胜收。

进入村中，一棵大榕树引起了我们的注意。再看，不像是一棵大树，好像有三四棵树，远一点的那棵原来是榕树根，苍劲虬曲的树干，修长的大根垂到地上，直插泥中，旁边一些须根缠绕。奇树一棵，真是意想不到！这榕树耐看，入画！我们停好车，拿出画具放好，绕树走了一圈，细细打量这榕树：这像是两棵榕树，每棵约有两人合抱之大，四五米高的树干已是半枯，残败不堪，其中一棵稍矮，有明显断痕。稍小那棵连着一棵更小的榕树，更小的像是大树的根长成的。整体看上去，仿佛大树父母拥着小树孩子，亲切自然。在5米远的地方，几束大须根直垂下来，高五六米，远一点看上去，既像一棵榕树向上生长，又像一根奇特的树桩撑着上面那斜长着的大树干。大榕树下有一块大石头，上面刻着“伯公庙公园”几个大字。看落款，知道是已退休的县教育局副局长陈春华书写的。陈春华是当地知名的书画家，对我的书画学习也多有教诲。看到熟人题字，我觉得这个小村庄特别亲切。榕树周围的地面都用花岗岩石板铺着，成了一个小广场，占地约1000平方米，榕树几乎荫盖了整个广场。广场东边是金黄的稻田，苍绿的甘蔗林、竹林，更远是起伏的小山坡。几只白鹤从竹林往山那边飞过，我联想到了杜甫“一行白鹭上青天”的诗句。广场靠田野的一面流着一道清溪，我沿着溪流走到池塘边。潺潺溪水流入村边的池塘中，池水澄明。池塘不大，占地约两三亩，一棵高大的苦楝树横卧水面，如龙饮水。池塘估计是近期修整过的，新砌的塘基、新装的护栏，映着碧水，我想起朱熹的《观书有感》：“半亩方塘一鉴开，天光云影共徘徊。问渠那得清如许？为有源头活水来。”池塘旁边建有一座新式公厕，安装上自来水。我由衷地赞叹，这新农村真美！这里看到村中的房屋多是儿时常见的那些青砖瓦屋，保留完整，间有几幢两三层的水泥钢筋建造的新楼房。靠路边房屋旁多种龙眼、荔枝、黄皮，还有几丛翠竹，树下杂草已被清除，村中房屋纵横有序。三五个老人坐在公园的石凳上，几个小孩在广场玩耍。见到陌生人，他们都好奇地看着我们。这里风景秀丽、休闲宁静，仿佛身在桃源。

选好了写生的角度，我们决定画大榕树。我们的画具刚摆好，小孩子就围过来了。开始，小孩子还有点腼腆，当我让他们帮忙拿小水桶从溪中取水，他们有说有笑地打水。我边画边与小孩子聊天，知道这里叫杨桃树村，其中两个小孩是在阳西二小读书，在县城居住，今天放假，爸妈带他们回村里看望爷爷奶奶。还有两三个幼儿未上学，非常好奇地望着我手中的画笔。这时，走来了一位年轻的妇女，她说读书时也喜欢绘画，称赞我画的大榕树生动形象，夸我们是大画家。画好了墨稿，我站起来休息，与那几位年纪较大的村民闲聊，了解到杨桃树村的人口有400多人，多到外面务工，但现在常住在村里的不足百人。听说村中古榕已有两三百年的历史，村里人都喜欢这古榕树，长年爱护它。还说这古榕树挺神奇的，以前常有人来拜神许愿，现在县城也还有人因小孩子夜啼而来的。最近这里由珠海横琴新区帮扶、村民集资，创建新农村示范村。村中路面都已实现硬底化，还有几个建设项目正在施工。在家村民多以种田、养殖为生，日子过得还算好。

我给画稿涂上色彩，自我欣赏着画作，古榕在画纸上变得更有生气了。我信手给画面描上翠竹、房屋，染上远山，点上一群飞鸟，满意地题上“古树新姿”几个字。这时，来了一位中年汉子，像是个创业成功的老板，又像是村干部。他热情地与我们打招呼，称赞我们画得好看，又与我拿起画作合影。他邀请我到村后面家里吃饭，又讲村庄靠近山的那边有很多荔枝树，值得写生。我婉拒了他的邀请，说自带干粮当午餐。他说，我们以后来画画随时可在村里吃饭，然后又客套了一番，就离开了。

穿过几排房屋，走到村后面，是一片荔枝树林，特别高大的荔枝树有二三十棵，间距不一。这些荔枝树，主干多如腰粗，高高挺立，树龄估计在百年以上，树下地面已被修整，显得干净有序，树间吊着几个网床。我感慨地说，住在这里可能比住城里的别墅还要舒服！一群村民正在搞野餐活动，男女老少共有十多人，有的在烧泥焗窑，有的在摆弄食材，好一幅乡村休闲图景！他们知道我们是画画的，

古樹蔭新村

表现出极大的兴趣，特别是几个小朋友都走到我们身边了。刚才那位干部模样的汉子也在其中。他们热情地邀请我们在这里等会儿一起吃东西，还说想看我们画画。我们摆好画具，对着前面一棵荔枝树描绘起来。毛笔在写生本上勾勒、点染，村民和孩子们可能没见过这样画画，时时好奇地过来看我怎样画。大约半小时，我画好了荔枝树。有几个妇女又说，希望我把她们也画出来。我又试着拿勾线笔把她们几个速写到了画面：在荔枝树下，一个妇女在烧泥焗窑，另外两个妇女坐在板凳上聊天，一个小孩在身边玩……我满意地写上题目：放假啦！大家对我报以热情的赞赏声，还要与我的画合影。这时，泥窑也熟了，一桌子的美食在飘香。在村民们的盛情邀请之下，我们也参与了这个大食会。品尝着美味，村民们热情地指引我观看美景，荔枝树林边有湖，对面有座山，山上有大石，石的形状像大乌龟。他们又对我谈起新农村建设宏图：这里还要建个公园，村里要建养老院服务中心，将来老人每年都有养老慰问金……

趁着暮色回到家里，我在《放假啦》画上题诗一首："村边古树展新姿，敦厚民风未转移。假日亲朋齐聚会，薯窑烧好客回迟。"发到了朋友圈上，点赞多多。1个月后，阳西县委宣传部等单位举办"中国梦"书画展，我把古榕画到四尺整张宣纸上，题目为《古树荫新村》，被选上在县艺术馆展出。我多么想把杨桃树村的美景都描绘出来，把我的感受全部赋之毫端，希望更多人了解杨桃树村的自然风光与良好的村风，希望杨桃树村明天的发展更加美好！

去年金秋时节，我又一次走进杨桃树村。金灿灿的田野更加引人注目，伯公庙公园的古榕依然绿荫婆娑，村边几处池塘护栏漆得崭新，池塘的水依然那么清澈，蓝天白云映在水面。公园旁边一堵新墙成了一个大大的新农村建设宣传栏，我发现宣传栏上有去年画友坐着对古榕写生的照片，可能那天我们画画被村民偷拍了。几十个蜂箱摆在村边，嗡嗡声一片，一对养蜂的夫妇在整理蜂箱，他们说长年在外养蜂，现在暂时回老家休息。长期在外辛勤采花酿蜜的蜜蜂忙碌过后，也飞回来了。蜜蜂悠闲地飞舞在杨桃树村，合奏着一首乡村乐曲，它们也爱上这个风景秀丽、村风淳朴的桃源般小山村了。

百年流坑，诗意雅韵

陈英梅

金秋十月，我随着“作家记者走进阳西美丽乡村”的队伍，走进了阳西县沙扒镇前步村委会的流坑村。该村的美丽风景，独特的诗意雅韵，令人陶醉难忘！

流坑村是阳西县沙扒镇前步村委会下辖的一个自然村，坐落于沙扒镇的东南边，距离交通要道282省道有好几公里的路程。流坑村是一个有着300多年历史的古老村庄，自清朝雍正年间由沙扒书村分支而来，依山临海，村口原是内海，周围是山林和农田，在过去经济还欠发达的年代，流坑村是偏远而又交通闭塞的。但或许正是这样的“先天”条件和环境，流坑村得以拥有着丰富的得天独厚的原生态美丽风景和淳朴的民风！这里的村民祖祖辈辈以务农为生，过着自给自足、与世无争的生活。20世纪80年代初，时任广东省委书记林若同志曾在流坑村鹰岭批建了望林亭。20世纪80年后期，林若同志还先后两次莅临流坑村，登上鹰岭远眺，并挥毫题下了“鹰

林如海”四个字。至今，30 多年过去了，望林亭依旧矗立在鹰岭之上，守护、激励着一方乡民！

我们是从 282 省道书村路口转入通向流坑村的村道的，车子出了书村街道之后，路旁所见大多是郁郁葱葱的荔枝、龙眼果园，给人一种生机蓬勃的感觉！村道弯曲蜿蜒，在一个标有流坑村路牌的岔道口，车子拐进了一条两边种着桉树林的硬底化小道。让我们意料不到的是，出了那片桉树林之后，眼前竟豁然开朗——前面是一片田野，还没熟透的水稻，金黄中还带着淡绿，一丘丘一块块，颜色深浅不同，美丽斑斓！时近正午，天空碧蓝碧蓝的，和风阵阵，摇动着的稻穗，一波又一波，如浪涛翻滚，那景色犹如一幅 3D 立体画，美得难以形容！

“看，那儿还有一座小桥！”随着车子缓慢前行，坐在前面的文友首先发现了“新大陆”！果然，就在前面的不远处，一座淡褐色的木拱桥立于路边和金色的稻田之间！文友们再也忍不住了，纷纷要求停车下来拍照！走近那座小桥，才知道那是一座架于水利河沟上面的小桥，木板铺设的桥面呈弧形拱起，两侧的桥栏也是木制的，简单地由几根方木柱子和方条组成栏杆，显得古朴而又小巧别致！

然而，就这样的一座小拱桥，独立于开阔、金色的田野，却给整片田野增添了一份诗意，特别富有韵味！“枯藤老树昏鸦，小桥流水人家……”有人吟起了马致远的《秋思》。的确，此时此刻，此情此景，就是这么一种“小桥流水人家”的意境！

“有小桥的地方该是有人家的，想必流坑村就是在附近了！”大家在感叹美丽风光的同时，也没忘记此行的目的地。果然，走过了那片金黄色的田野之后，我们的车子在一片树林里停了下来。陪同我们前来的村党支部书记告诉我们：这儿是流坑村原生态党建公园，村庄就在公园的东南边。

从车上下来的那一瞬间，我就被眼前那美丽的风景震撼了！那里是一片原生态古树林，一眼望去，既有独木成林的婆娑大古榕，又有一棵棵笔直林立的还不知道名字的古树，灰白瘦削的树干光溜溜的，要抬头才能见到那少许苍老的虬枝和稀疏的绿叶，还有那一根根缠绕在树身上或垂吊着生长的苍老藤蔓。而最令我惊叹的是眼前那“曲径幽林”的优美画面：林中有一条向前延伸的水泥小道，小道两旁那一棵棵形态各异的老树向着路边斜长着，树身隔道相望，树枝树叶却在高空中合拢相拥，形成了一道优美的弧形屏盖，整条小道就像是一道斑驳幽深的拱门，诗意、唯美，震撼人心！

沿着水泥小道向前散步，正午的阳光透过稀疏的枝叶投下了斑驳的阴影，耳边不时有啾啾鸟鸣声传来；两旁林立着的古树，一棵棵、一行行，高耸参天，光洁的树干，分布着白色的斑块，让人仿佛置身于北国的白桦林，清幽、诗意、静美！抬头仰望间，淡淡的阳光透过稀疏的枝叶照在脸面上，那个时候，总会不由自主地轻眯上眼睛，深深地呼吸着那大自然的幽香，心情美美的，也是暖暖的！树荫下干净整洁，除了枯黄的落叶，连杂草都没有。树丛的地面上，外露突起的树根与古藤相缠绕，分不清哪条是根哪条是藤。文友们在树林中尽情地摆出各种优美的姿势，拍下一张张美照。看见我们如此忘情的摆拍，村党支部书记又跟我们说，这里经常有情侣来拍婚纱照呢！闻言，大家都纷纷点赞。确实，这景色、这意境，这百年老林所见证的爱情，该是怎样的浪漫和富有意义啊！

既然是党建公园，这里也少不了令人振奋的红色元素，“不忘初心，牢记使命”的大红基座、写着“我们都是追梦人”的大石以及党建标语宣传牌，无不催人振奋！还有那一件件崭新的健身器材和标准化的运动场所，让人看到了村民的健康与活力！整个公园都充满着自然而又现代、唯美浪漫而又严谨热烈的气氛情调！而在小路转弯处的树林下，几张吊床悬吊在树荫下，两三个小朋友正各自躺在吊床上悠然自得地摇着晃着，无拘无束地享受着童年的快乐！村党支部书记告诉我们，村里原本很多村民都已外出创业并在外面安居，早些年的流坑村曾经破败而冷清，近年来，随着美丽乡村的建设，不少外迁的村民又回到了村里来建楼房、搞农事生产。如今，村里崭新、整洁，完全是旧貌换新颜了！

听着村党支部书记的介绍，看着眼前正在无拘无束荡吊床的孩子们，我的脑海中突然浮现出了另一幅《秋思》图：“枯藤老树村娃，小桥流水人家，田园香车宝马。古村新貌，流坑人在兴家！”这也是我此行对流坑村的概括。

漫步边海村

陈英梅

边海村是阳西县儒洞镇辖下的一个行政村，位于儒洞河的南岸，与镇中心只有一桥之隔。边海村是一个有着光荣传统和光辉历史的美丽乡村。我喜欢到边海村漫步，尤其是在夏天的傍晚或金秋的假日，走进边海村，整洁的村容村貌、优美的田园风光、深厚的传统文化底蕴，总会让人感到一种耳目一新的社会主义新农村的精神风貌！

穿过儒洞镇旧市场那狭窄的老街道，眼前就是连接儒洞镇与边海村的边海桥了。这里让人豁然开朗！桥的两侧是望不到尽头的悠悠流淌的河水；桥上，小车、摩托车来来往往；桥下，一艘艘小渔船整齐地泊在两岸的码头边。河的两岸，一边楼房林立，另一边绿树围拢，背靠儒洞河的边海村，就坐落在桥那端的绿树环抱中。

走过边海桥，一条宽阔的水泥大道从桥头通向村中，与村背那条平整坚固的水泥堤坝形成了一个十字路口。堤坝向东通向周边的咸水渔港，向西连接电白。夏日的傍晚，这里凉风习习，宅居在镇上狭窄局促的旧街里的居民，一个个都走了出来，到边海桥上和堤坝上散步纳凉，悠闲漫步的人流成了边海村一道特别的风景线！而更令人耳目一新的是，在桥头的十字路口边，竟有一个规格标准的篮球场！球场上那一个个矫健的运动身影，年轻，蓬勃朝气，活力十足！

边海村全村总面积 4.59 平方公里，以连接桥头的村道为中心，边海村下辖的 5 个自然村之间阡陌相隔，鸡犬相闻。村里的楼房整齐规划，每一排楼房的门前都是干净整洁的水泥街道，村中巷道相通，四通八达。走在村里，总会感觉不到自己身在农村，倒好像是走进了城市里环境优美的生活小区一样。

沿着中心村道一直往前走，在边海村的南村口，一座恢宏的文化戏台耸立在田边的空地上。这里是逢年过节村里集体拜祭先人、做大戏、搞节目娱乐的地方，每当那时，戏台周边人头攒动，喜庆、热闹非凡！边海村委会的办公楼就在戏台的右侧。与别的村委会办公场所一样，这里的办公设施齐全，宽敞而整洁，但这里又与别的办公场所不一样：在办公大厅的正前方，悬挂着一幅金色镜框的毛主席画像和题词——“这个乡的党支部是一个模范的党支部，它领导群众做了许多英勇的斗争，获得了群众的拥护。”让人感受到一种特别厚重和热烈的红色氛围！是的，边海村是一个有“故事”的村庄。

正如“边海”这名字一样，边海村是一个三面临海、背靠儒洞河的村庄。因为这特殊的地理环境，过去的边海村可没少遭遇台风、洪水以及干旱等自然灾害的侵袭，村民们束手无策，导致一度生活在贫苦饥饿之中。直到1953年，边海村成立了党支部，从此，该村有了带领村民与自然灾害做斗争的坚强组织。最特别的一次是1955年闹春旱，眼看春耕将无法播种，当时的村党支部书记和其他成员在无奈之下发动群众挖坑取水。可大旱天，就连挖坑也挖不出水来，村民们无不陷入了长期饥荒的恐慌中。在群众失望的时候，党支部的成员们却没有灰心，他们反复召开群众大会商议，最终决定：拦河筑坝，从儒洞河引水耕种灌溉！然而，因为当时条件所限，加上缺乏经验，拦河筑坝一次又一次地失败。即使这样，党支部的成员却还是没有放弃，他们不断地鼓舞群众，发挥了“大禹治水”的精神，总结经验，克服种种困难，以攻坚的力量进行了第三次筑坝，终于成功地将清澈的河水引入了农田！

因为有了淡水灌溉，当年夏季收获时，边海村的水稻亩产从原来100多公斤增至200多公斤，取得了可喜的丰收！尽管如此，但因为人多地少，群众的粮食总的来说还是“僧多粥少”，温饱问题还是未得到真正的解决。该村党支部又带领群众开荒辟地，围海造田，不断地扩大耕种面积……大旱之年，边海党支部带领群众战胜自然灾害、粮食大幅增产的事迹很快传到了中央。边海村因此声名鹊起，被誉为“边海红旗”！

“边海红旗”的荣誉鼓舞了一代又一代的边海人民，并成了一种优良的传统！每年的12月27日是边海村的“革命传统教育日”，他们将“红旗精神”一代又一代传承下来，发扬光大！随着祖国的日益强大，“边海红旗”愈加鲜艳！如今的边海村已发生了翻天覆地的变化，人们的生活水平也日新月异！但作为一个有着光荣传统的乡村，边海党支部和群众始终珍惜着这份荣誉，也保持着那份优良的传统与作风。

村委会的门前是一片望无边际的农田，这里既是“农业科技试验示范基地”，也是“冬种马铃薯基地”，还是“全国水稻绿色高产高效创建示范点”。新时期的当下，边海村民深刻领会党的政策，早已冲破“小农经济”的思想束缚，解放思想，增强商品经济意识。在发展农业的同时还建立起了“养殖长廊”，因地制宜，利用优势，搞咸淡水养殖，对虾、红心鸭蛋是边海村著名的特产。

随着“美丽乡村”的建设，当下的边海村更加优雅、美丽，名副其实的宜居、宜业、宜游！金秋季节，边海村边的田野一片金黄，行走在平坦的硬底化田埂上，呼吸间都是馥郁的稻香！阵阵秋风吹来，顶着沉甸甸的稻穗的禾苗形成了一波又一波的稻浪；远处的草坡上，几头肥壮的黄牛正慢悠悠地啃着青草，旁边，不时飞起两三只鸟雀，转了一圈又落到黄牛身边的草丛里，与牛儿相处得那么友好而和谐……此情此景，让人陶醉！流连忘返！

村里，还有一处景致令人眼界大开，那就是位于上屯自然村的村中公园。从边海桥头沿着堤坝向东走，不到几百米，就见到堤坝下“隐藏”着一个绿树成荫的公园。从堤坝上下来，矗立在公园中心的一座凉亭格外引人注目！地面上，鹅卵石小径与草坪相间隔，显得那么清幽而雅致！凉亭的对面是一个荷塘，虽已到了秋季，仍见青青荷叶婀娜多姿！荷塘的栏杆外边，翠柳佛竹、红花绿草藤蔓环绕，美丽至极！而在凉亭的另一边，有一个规格标准的篮球场，周围还有各种运动健身器材，每到晚上，不光是村里的村民在这儿聚集娱乐，更有镇上的妇女和小青年们来跳健身舞、打篮球。音乐声、拍球声，还有小孩的欢闹声响彻整个村庄，比镇上还热闹！

漫步边海村，走过那片金黄色的田野，又站在那个如此幽美的村中公园里，我忽然就想，这边海村，何止是一个美丽的社会主义现代新农村，它更是一种光荣传统精神的传承以及一个时代发展的见证！

美丽石港

钟连娇

石港村委会位于溪头镇西南部，因古圩有一条用石头铺成的路和村中的港口码头而得名。石港村西边是风光旖旎的龙高山，山下是水绿如翡翠的石碧口水库。得益于龙高山的庇护和石碧口水库的滋养，石港村内古树参天，绿荫如盖。一株株花木镶嵌在房前屋后，形成一道春有花香、秋有果香的独特靓丽风景，让人流连忘返。

2017 年前，石港村集体经济基础薄弱，环境卫生令人担忧，留守村中的大都是老人、儿童。直到 2017 年村“两委”换届，建立起一支思想作风好、工作能力强的村干部队伍后，石港村党员群众阔步走上乡村振兴之路，让石港村发生了翻天覆地的变化。

2017 年，事业如日中天的退伍军人叶大集，毅然决然回到村里竞选村干部。生于斯，长于斯的他虽然已经走出了贫瘠的农村，但留恋家乡自然风光、淳朴民风的他，始终不忘初心，发扬军人艰苦奋斗的精神，立志改造老态龙钟的家乡。在他的团结带领下，石港村村民振兴家乡的热情高如巨浪，纷纷行动起来。

为解决村没有集体休闲娱乐活动场所的问题，叶大集把目光聚焦到村党群服务中心前面的空地上。经过多方研究，决定把它建成村民文化广场。现在，昔日杂草丛生的空地摇身变成“党味”深厚的村民文化广场。广场北面是党建宣传栏，宣传栏背景以红色为主调，那一抹抹红如熊熊烈火，点燃人们振兴乡村的热情。宣传栏最左边，形如旗帜，上面写着“永远跟党走”5 个醒目的大字，后面写着习近平总书记重要讲话精神内容、党员的权利与义务、落实全面从严治党的要求等，干货满满，让人获益匪浅。站在远处望向宣传栏，它仿佛是一面旗帜，带领村民改革创新，走向新农村的“春天”。广场东边是一个大舞台，每到喜庆的节日，这里就会上演一场场文化艺术表演，让村民在家门口就能享受到文化盛宴。广场四周有几棵如撑开的大伞一般的榕树。每到农闲时节，叶大集就组织党员群众搬来凳子，坐在树荫下，或听听党课，了解党委的方针政策，接受党组织的洗礼；或畅谈村振兴之路，群策群力，谋划发展之道。

离村文化广场约两公里的地方，原来有一个臭水池。为美化村生态环境，村里决定把它改造为游泳池。把臭水池改造成游泳池，这是全市首创，既因地制宜，改善生态环境，也让村民在家门口享受到游泳的乐趣，尝到振兴发展的甜果。游泳池底部和四周都镶着蓝白相间的瓷砖，远远看去，像一朵朵小花盛开在盆地上。每到夏天，游泳池就引进龙高山上的山泉水。人们畅游在沁人心脾的山泉水中，感受着夏日里的清凉，心里美滋滋的。

栽下梧桐树，引来金凤凰。家乡变美了，经济发展也步入轨道了。苏全国原是溪头镇职工，2018 年初退休后，立即回到家乡，为振兴家乡谋发展。经过一番调查研究，苏全国把眼光瞄准了乡村旅游业。2018 年底，苏全国带领一帮村民在村中的荒地上种下了油菜籽。经过几个月的精心打理，2019 年春节前，油菜陆续开花，给石港村穿上美丽的衣裳。茫茫的田野上，一丛丛绿叶中，开出一朵朵黄黄的油菜花。它像金子一样耀眼，散发出一阵阵花香，蜜蜂、蝴蝶也来做客。一阵清风吹来，油菜花摇曳着纤细婀娜的舞姿，好像为石港村欢呼、鼓舞。美丽的油菜花吸引了一大批游客前来赏花，为村民创造了增收机会，为发展村集体经济奠定基础。

景美人更美。看到家乡日渐繁荣美好，一些在外发展的老板也纷纷回村支持家乡建设。林进同就是其中一员，他每次回到家乡都到村里走一走、看一看。在了解到村党组织阵地建设还缺少资金时，他立即拿出一笔钱捐赠给村党组织，为振兴家乡添砖加瓦。冯健是个残疾人，父亲已撒手人寰，只留下他与奶奶相依为命。乡亲们见到祖孙俩孤苦伶仃，常常向他们伸出援助之手：帮他们打水、砍柴，把自家种的蔬菜给他们，让祖孙俩的生活充满爱心与暖阳。像这样温暖人心的小事，在村里常常发生：谁家老人行动不便，我来帮你打水、砍柴；谁家小孩没空接送，我帮你一起接送；农忙时节，谁家缺少劳力，干完自家农活的都过来搭把手……

经过近年来的发展，石港村经济基础得到提升，村容村貌焕然一新，振兴家乡计划如火如荼地开展着。傍晚，夕阳西下，叶大集走在两旁盛开油菜花的水泥路上，看着金灿灿的油菜花，望向资源丰富、蕴藏勃勃发展生机的龙高山。笑意盈盈的他，仿佛看到了更加辉煌的石港村的未来。

美如城的鹅渚埠

钟连娇

从溪头镇出发，走进溪丰公路，立马就被杉树下那片雪白的沙子吸引了，那是硅砂。与别的沙子不同，硅砂远看似雪，白茫茫的一片，让人错觉置身雪地。走近捧起一抔，细细的、软软的，一点也不糙手。从指缝间飘落，又像飞絮，轻盈如云。沿着溪丰公路直下，不出 5 公里，见到沿路伫立着一排路灯，灯杆下搭着一片百香果棚，便到了鹅渚埠村。

首先映入眼帘的是鹅渚埠村党建公园，公园占地1500平方米，有橡胶篮球场、休闲广场、健身设施、舞台等。置身党建公园，最大的感受是“党味”浓！公园的东边是党建宣传长廊，把有关党的重要知识和党的重要精神公之于众，把党的声音传至鹅渚埠大地。长廊还设置了心愿墙和承诺墙，群众把自己的心愿写到墙上，党员认领，帮助群众实现心愿。党员还把对群众的承诺写到墙上，接受群众的监督，实现了党员亮身份，党群心连心。公园南边是文化长廊，把党的伟大思想、伟大人物展现出来，浸润鹅渚埠人的思想，激励鹅渚埠人奋发前进。公园北边和西边安装了各种功能的健身设施。一到晚上，大人、小孩纷纷出来娱乐健身，男青年最热爱的是打篮球，驰骋在橡胶球场上，挥洒着汗水。大人们则利用健身设施拉伸拉伸筋骨，释放出劳作一天的疲惫。小孩子们在公园中央奔跑、追逐、撒欢，一片热闹祥和的景象。

鹅渚埠村各功能区域分区明确，除了居住区，还划分了饲养区、种植区等。饲养区用木篱笆把鸡、鸭、鹅等圈养起来，不知道家禽怎么饲养的人，来到这里还可以免费观赏呢。种植区则用竹篱笆把菜园子关起来了，穿过稀疏的篱笆，绿叶的菜、五颜六色的瓜，一派欣欣向荣的田园风光。

绕村一周，竟没有看到家禽的粪便，没有污水横流，没有果皮纸屑。一路都是干干净净、整整洁洁的，家家户户门前都放了一个绿色的垃圾桶，各家各户负责自家门前的卫生，垃圾都被紧紧地关进桶里了。走在任意一条村道上，眯着眼一脚踩下去，地面都是干净的，不用担心是否踩中粪便、果皮、污水……外乡人走进鹅渚埠村，都纷纷竖起大拇指，啧啧称赞，有的人还笑说："鹅渚埠村的小伙子不愁娶不到媳妇啦，哪个姑娘见到这样美如城的乡村，不喜欢上这里的婆家呢！"

筑巢引凤栖，花开蝶自来。鹅渚埠村美了，一些在外游子渐渐地主动回乡反哺。村民吴俭康就是一员。生于斯，长于斯，外出打拼多年的他，见到家乡如新生的小城市，焕发着勃勃发展生机，便回乡创业。他在鹅渚埠村外租下一块地，搞起了现代化技术养猪。自己富起来了，他还积极地带领村民发展养殖业，手把手地教那些想要养猪的村民，帮助村民选地址，建猪舍，传授养殖技术，带领更多村民发家致富。在他的带领下，鹅渚埠村的猪品质高、销量好，村民们都封他为"猪司令"。

在鹅渚埠村，像"猪司令"这样的乡贤还有很多，他们都在外拼出了一片小天地，但富强振兴中的家乡在呼唤，让他们选择了这一片有乡愁、有情怀的热土。

秋游红木山

宁碧君

深秋时节，正是品肥美鲜蚝的最佳季节，一时兴起，和许先生驱车直奔红木山。好多年前去过红木山，一直对那个独特的村子念念不忘。

车子转入了水泥乡道。我突然想起多年前那条泥泞的烂路，那一路的颠簸直让我的胃翻江倒海。如今这条平坦的路让我有了细细欣赏沿途美丽风光的闲情逸致。路旁望不到边的香蕉树上挂着丰硕的果实，风一吹，一股香甜诱人的味道便沁人心脾。一大片一大片的香蕉树翻起一层层巨大的绿浪，让人想到生命的蓬勃和为之震撼。

近了，村口挺拔的风景椰已经在向我们打招呼了。那两排整齐潇洒的树影让人仿佛看到了沙滩和碧海蓝天。未进村口，已经闻到蚝的那种特有的咸腥味了。我的食指开始按捺不住要大动了。

我们先去码头。一艘艘蚝船已经归航，此时，工人们正卖力地往车上搬那一串串硕大的沉甸甸的鲜蚝，从那蚝的个头看，就知道它一定无比肥美。船上还有开蚝凿蚝的人，脸上满是丰收的喜悦。

我忍不住想要上船买顿美味的鲜蚝尝尝。许先生说："先别急，带你去个好地方！"我知道他说的是哪儿，马上欢欣雀跃地跟在他身后，沿着小路走去。顾不上处理满裤子的鬼针草了，只想着快点儿到，快点儿到！拐个弯，眼前的河滩上突然出现了一片望无边际的"森林"。林子不高，那浓重的青翠层层叠叠河滩被蔚蓝的天空映衬着，真是一场盛大的美啊！这就是我魂牵梦萦的红树林了！我禁不住欢声叫了起来："太美了！"

红树林素有"海上森林""海底森林""海岸卫士""海水净化器"等美称。作为当今海岸湿地生态系统唯一的木本植物，它起到了海岸森林的脊背作用。它具有防风搏浪、护岸护堤、调节气候等功能。对抵御海潮、风浪等自然灾害，维护和改善海湾、河口地区生态环境具有不可替代的作用。红树林还为海洋生物提供了理想的发育、生长、栖息、避敌的场所。所以它吸引了大量的海鸟、鱼、虾、蟹、贝等生物来此觅食栖息，繁衍后代。听说国家一级保护动物的海豚、儒艮（美人鱼）也经常在林区出现。

此时，天空掠过一支整齐的雁队，绿林雁影，远帆点点，真是美不胜收！

我爬上一艘停靠在岸边的蚝船，目光好奇地四处搜寻。许先生问我想干什么。我笑着说："我在找美人鱼呢！"他指着自己，一本正经地说："王子已心有所属了，美人鱼是不会出现的了。"我被他逗得笑弯了腰。我们欢乐的笑声传进了林子里，惊飞了几只栖息的海鸟。

我望着那些裸露在滩涂上遒劲的树根出神，心里不禁感叹大自然的鬼斧神工。突然，一阵发动机声从红树林的拐弯处传来，原来是一艘蚝船从养蚝的海域收获归来了！

许先生拉着我的手往回走，说："快走，带你去买最新鲜的蚝。"我们在岸上一路尾随那艘船。船停靠在浅水湾上，我们迫不及待地跳上去。开船的师傅跟我们说，他的蚝是最正宗的本地蚝，包我们吃过返寻味。我饶有兴趣地问他关于程村蚝的历史。他黝黑的脸上马上堆起了灿烂的笑容。他有点骄傲地说："说起程村蚝，那就厉害了，可是我嘴拙，不会说，你到那边去看看吧，里面贴了好多介绍呢。"他指着岸上那间高大的房子对我说："你看，那上面写着'阳西县程村镇红光蚝协会'呢！"

买完蚝，我走进了蚝协会的大门。里面是宽敞的院子，院子的围墙上贴满了关于蚝和红树林的信息。我细细阅读着，这下不仅了解了程村的养蚝历史，知道了程村蚝的地位，还知道了蚝的各方面价值。

原来蚝喜欢生活在风平浪静、潮流畅通、咸淡水交汇、微生物丰富的海域，而程村的“三山”，即红木山、豪山、根竹山，就靠近这种区域，所以他们拥有了得天独厚的利于养蚝的地理环境。

程村蚝人工养殖经历了 5 个阶段，从 1980 年以前的石头自然纳苗养殖到水泥柱自然纳苗养殖，到棚架式吊笼养殖，到吊柱养殖，再到如今的胶丝粘蚝吊桩养殖，这近 40 年的摸索、创新和努力融汇了养蚝户的多少心血和智慧啊！

蚝的营养价值非常高，它含有各种利于人类身体健康的营养成分，能益智健脑、壮腰健肾，有降脂减肥，促进胆固醇分解的作用，能加强细胞活性，使皮肤光滑，有美容的作用。

又懂得了这么多的知识了，真是不枉此行啊！

我们拿着肥美诱人的靓蚝踏上归途。经过红木山小学的时候，里面传来的琅琅书声把我吸引住了。我忍不住叫许先生停住了车。下车，走到学校门口，一扇古朴的大门映入眼帘。上书“谢氏宗祠”，原来这所学校是村民用家族祠堂改造的。

大门两边是木刻的对联“派衍陈留发祥漠海，祠兴厚幕仰止高山”，古色古香的建筑内传出童稚的声音“人心齐，泰山移……”此情此景让人想到了两个字——传承。不想打扰孩子们上课，我只是稍事停留便转身离开了。身后又响起清脆的书声“人心齐，泰山移……”

回到家里，趁着蚝还新鲜，用阳江话来说是“好新水”，我马上就把它们洗干净，焯熟，滤干，配以肉丁和米饭爆香。煮蚝饭，肉不能放太多，否则会夺去蚝的香味，那就喧宾夺主了。最后撒上香葱和芫荽（这可是蚝饭的灵魂，是必不可少的），一盘正宗的炒蚝饭就可以上桌了！那粒粒紧致又柔软、齿颊留香的鲜蚝，那吸足了香味的饱满澄亮的米饭，简直就是世间最销魂的美味！不吃个三四碗，哪里肯放手？

幸甚！我做了阳西媳妇，能有幸常赏如斯美景，常尝如斯美食！

莲花村游赏

袁丽苗

我出生在农村，成长于城镇。家乡，对我来说，是个熟悉而陌生的词。前些日子，母亲说，现在新农村建设得很漂亮，老家的面貌也发生了翻天覆地的变化……母亲的言外之意很明了，就是想让我带她回老家看看。我是个特别宅的人，但还是同意了母亲这个小小的请求。于是，驱车前往我记忆中那个每到下雨就充满泥泞的家乡——莲花村。

行驶中的车子刚想拐弯，母亲赶忙叫我直走，我不解，但还是听从母亲的话。过了红绿灯，在我的右边赫然出现“莲花村党群服务中心”几个字。母亲示意我靠边停车，这时才知道，原来我的家乡早就从山旮旯搬到325国道边了！新的莲花村出入非常方便，不再是小时候那个要徒步一个多小时才能见到公路的莲花村了。

迎着和煦的阳光走入村道，在显眼的位置可以清晰看到“中国梦”“社会主义核心主义价值观”等内容。护栏环村围绕，靠在护栏上可以肆意呼吸新鲜空气，以及倾听小鸟的轻吟低唱。在村中，我看到了只有城里才会设有的文化室，里面井然有序地摆放着报纸、杂志、棋类等精神食粮。文化室外，各种健身器材，包括篮球场、乒乓球桌等运动设施一应俱全。

当然，最具特色的当属村子里面的空地，全部用栅栏一小块一小块地围起来。每一块地里都种满了花生、青菜、青瓜等农产品，一些鸡鸭鹅也在属于自己的栅栏内悠然自得地啄食、戏水。栅栏的存在，不仅美观、有序，而且不会让地里的泥巴沾到村道上。居住在这里的村民日常生活基本不用买青菜，完全可以自给自足，加上养在栅栏内的鸡鸭鹅，不出门就可以做出一顿荤素搭配的丰盛晚餐。不得不让人联想到东晋诗人陶渊明在《桃花源记》里所描写的世外桃源，大概就是这样吧。

一幅幅精心创作的涂鸦吸引了我的视线，沿着涂鸦一直走，呈现眼前的是干净整洁的灯光广场，旁边的大姐坐在阴凉处一字一句地教孩子读涂鸦上面的字。“爱祖国、爱家乡”“中国梦、我的梦”……充满稚气的童声虽然发音不准，却让人听了犹如天籁，也让这一路涂鸦的存在多了一份独特的魅力。广场一侧，绿树成荫，凉亭美池尽收眼底。老人、孩子悠闲自得地聊天、玩耍。80 岁的林奶奶唯恐身边的人听不到，敞开大嗓门说：“儿子计划回来盖房子，为退休告老还乡做准备，图的就是老家空气好、村民淳朴、邻里和谐，而且靠近汽车站、靠近高速路口，离高铁站不过 10 公里，出入便利……”不得不佩服林奶奶中气足，几乎是一气呵成，把这些话说完，脸上露出自豪的笑意。想起一句诗“羁鸟恋旧林，池鱼思故渊”，也许就是林奶奶儿子内心的真实追求吧。在我凝神沉思的片刻，母亲指着一间崭新的一层房子让我看。我走进一看，竟是卫生站，“阳西总医院莲花卫生站”几个字特别醒目、耀眼。村里设有卫生站，确是一件让人感到意外而惊喜的事，村民们不用出家门口就可以看病，身体健康了，幸福感也就更强了。

“农村的变化真大啊！变得像城里了！”回家的路上，母亲不断在我耳边重复这句话。是的，改革开放以来，国家把重点放在改善民生上，先后出台一系列惠民政策让人民的衣食住行得到保障，特别是农村翻天覆地的变化，更是体现了惠民政策的成果。作为一名教育工作者，我身上的责任感及使命感瞬间又增强了……

脱贫攻坚，美丽中西

袁丽苗

近年来，国家高度重视农村脱贫攻坚工作。在国家政策和地方政府的支持下，很多贫困村都通过各种方式努力摘掉贫穷的帽子。集体收入增多了，贫困户脱贫了，村容村貌也发生了巨大变化。程村镇的中西村就是其中之一。

中西村位于阳西县程村镇西北部。在入村口，直立一块大石头，上面写着“中西村”三个字，让人一目了然。在干净整洁、树木荫蔽的村道上行走，宽敞的村道直至巷道，全部由混凝土铺设。迎面而来的凉风阵阵拂面，两边惟妙惟肖的涂鸦可以看出创作者独特的绘画技艺。从入村口环绕整个村，每隔 10 米远的距离就有一盏高照明灯，夜晚的灯光把整个村照得亮堂堂，让回家的路变得更近更安全。村子里，不见游手好闲的青壮年的身影，唯见三五个老人围在一起闲聊，爽朗的笑声时不时从老人家口中传出，好一幅温馨和谐的画面！

中西村各方面的配套设施十分完善，不但有公厕、垃圾池，而且还有卫生站、文化广场、灯光篮球场等。尤其是灯光篮球场，说它是全县村级最美的灯光篮球场一点儿也不为过，可以想象春节期间或重大节日在这里举行篮球赛的热闹场面。中西村完善的配套设施，加上排水、供水、污水处理池的进一步改建，让人觉得它和城市小区并无不同。

刘叔说，中西村有今天的喜人变化，与国家好的政策及地方政府的帮扶密不可分。曾经，中西村民的主要经济收入靠耕种水稻等农作物和外出务工，很多村民住的是低矮的瓦砖房，人均年收入低。自从开展脱贫攻坚以来，村里鼓励并支持贫困户先后入股多个项目，有全县统筹的儒洞镇长角水库光伏发电项目、程村镇莲湖村委会沉香基地项目、阳西县顺欣水产罗非鱼代加工项目等，通过入股的方式获取分红，增加收入。贫困户刘大伯说，村里还引进牛大力中药材种植项目，项目投入以帮扶单位筹措资金为主，扶贫户集资小部分，合作公司赞助种苗作为支持，由贫困户大量种植。现在，牛大力中药材长势良好，预计明年收获，所得收益全部归贫困户所有。刘大伯说完后，脸上掩饰不住的欣喜让人仿佛看到了丰收的喜悦、看到了生活的盼头。

为了让贫困户早日脱贫，村里还根据贫困户的自身实际，对有劳动能力的扶贫户申请资金支持，用于购买耕牛、耕田机，养殖母猪、果园鸡、白沙杂鹅等。在资金的支持下，大部分贫困户改变以往安于现状、不思进取的惰性，通过自己的双手，辛勤劳作，最终实现脱贫致富。在贫困户小雅家，腼腆的小雅开怀地说：自开展脱贫攻坚以来，原本没有任何手艺、靠种田地为生的父母通过帮扶单位的资金支持，来养殖家禽，帮扶单位带来的技术指导加上一家人的勤劳付出，至今已出栏多批家禽。现在，家里正在筹备盖房子的事宜，很快就可以拥有自己独立的房间了。小雅说完这番话，脸上露出了灿烂的笑靥。而在一旁的小雅爸也忍不住插话：国家对民生的重视，让他和儿女深切体会到了脱贫攻坚给他一家带来的幸福生活。小雅爸边说边竖起了点赞的大拇指。

在中西村，我们确确实实感受到村民脱贫后那种溢于言表的幸福。现在，中西村几乎看不到低矮、简陋的房子。在一系列的扶贫举措中，大部分村民通过勤劳的双手，让原本简陋的房子变成现今二层以上钢筋混凝土的小洋楼，很多村民还买了私家车。国家、地方及乡贤等的资金支持，村容村貌建设也紧跟其后，发生了可喜的变化。如今的中西村已经成为名副其实的新农村了。相信未来的中西村发展蓝图一定更加绚丽多彩！

东水大垌村，梦想的栖居地

陈超妹

岭南的风景秀丽，土地肥沃。岭南人自然爱岭南，这土地能种上现实，也能栖居梦想。爱岭南，最爱是阳西；爱阳西，最爱是东水。

又是一个深秋，寒气未至，阳光依然灿烂，像母亲的手掌安抚着每一位游子的心。阳西人，大多数有着地方人的特质，勤劳、顾家、爱美、喜欢做梦。周末，我在安顿好家庭琐事之后，把自己打扮了一下，约上好友，驱车前往东水，领略深秋野外的气息。

东水的景色怎一个“秀”字了得！那山秀，石秀，花草秀，树木秀，竹子秀，人也秀。走进东水，宛如走进另一个世界，如世外桃源。

东水有一美丽的乡村叫大垌村，驻足于此，心灵会忽地趋于平静，一些梦想从天籁的边缘慢慢滋长。这寂静的村庄，宛如一位温柔的女子，安静地躺在这苍山脚下的一隅。

村前的河流，当地人称之为“石河”，河边河里都铺满了大小不一、形状各异的石头，几乎看不到沙子。河水从山涧而出，清澈见底，一年四季，叮咚不息，如孔子云：“逝者如斯，不舍昼夜。”看着河流，便想到时间，想到历史。这河流，流走的不仅是过去，也是将来。唯有现在，当你静静地站在河边，你才算是拥有了美好的一刻。或者，坐在河边的石头上，挽起裤脚或裙边，看水中鱼虾吮脚趾头。聆听或吟唱当地流传500多年的歌谣：“东水山高高，河里石头多。八月风景好，人在石上坐。”倘若在夏季，便可来个清凉泡浴，可以水里嬉戏，或者静静躺在水里的滑石上面，那自由带来的放松，仿佛让人回到童年，如梦，如花，如玫瑰绽放散发出的阵阵芳香。闭上眼睛，鸟儿的歌声从幽静的山间传出来，悠扬、清脆，如笛子的演奏，让人的心事一点儿一点儿地溢出来，交给这缓缓流淌的河水，交给这配着音乐的山间，交给苍翠的大地，交给诗意的前方。

这村子不大，住着几十户人家，幽静、古朴，让人寻味，让人留恋。

也不知是哪位巧手的画家，在村头的一块墙上画了满墙的荷花。“碧荷生幽泉，朝日艳且鲜。秋花冒绿水，密叶罗青烟。”唐代李白有诗如是曰。村人之所以爱荷花，大概是因为荷花是高洁的象征、圣洁的代表吧！我欣赏的是它那“出淤泥而不染，濯清涟而不妖”的品质，喜欢近距离地细细端详，仿佛遇到了至清至美的君子。关于莲花的种种美丽意境，足以让人联想、沉迷。

村里，新旧的房屋交错有致，有着独特的韵味，古老的瓦房和新建的洋房，仿佛在诉说着时代的故事。木板安装在墙上的“社会主义核心价值观”的内容，则显得很有艺术感和时代感。洋房旁边，长着各种树木，郁郁葱葱，被修整得整整齐齐，如站立着的卫士，守护着美丽的村庄。树下设有古石，刻有“美丽乡村”字样。坐上去，摸一摸这古老的石头和鲜红的字迹，感觉时光不远，童年就在昨天，一转身，怎么就有了如此多的记忆？时光未老，梦想在前方！曾经，当我们向往城市，跻身城市的时候，我们的村庄被冷落过，它萧条过，曾使我们担忧它有一天是否会消失，倘若果真如此，我们将往何处寻根？梦想将往何处安放呢？好在曾经的担忧都是庸人自扰。村庄，并没有被遗弃，它被惦记着，被宠爱着，被打扮着。看，它不是一天比一天美丽吗？我们有着可以回去的故乡，是件多么幸福的事！看着广场上的健身设施和党建宣传栏，还有路边、屋檐下悬挂着的一面面五星红旗，我心里充满了感恩，一次又一次地默念着党建宣传栏里的文字：“永远跟党走，共筑中国梦！”

走在环村路上，风光令人沉醉，令人内心栖居宁静与纯美。野生的藤蔓，碧绿的小树，一堆堆，一排排，好像大自然派来的使者，都在向你招手。野花一朵朵，都从叶丛中探出头来，似乎在赏风光、看热闹，健壮的、纤巧的，有名字的、没名字的，黄色的、白色的、红色的……都那么脱俗，那么养眼。最吸引人的是那长得密密麻麻的竹子，翠绿、修长，如玉、如清纯的少女。傍晚时分，漫步于花前竹下，微风轻拂，“沙沙”的声音在耳边缭绕。于栅栏旁，或回眸一笑，或眺望苍山的连绵起伏，此时，恰好村头的短笛响起，美妙得醉人，仿佛进入了无边的梦，忘了何处是归途。

“一花一世界，一草一天堂。”东水大垌村，是净化心灵的去处，是梦想的栖居地！

红色横山

陈仲琪

周末闲暇，约上爱好摄影同学迎着盛夏骄阳，一路向东前往塘口横山村采风。

横山村是阳西县15个省定贫困村创建新农村示范村之一。2017年9月18日，横山村举行了创建社会主义新农村示范村开工仪式，通过“三拆除、三整治、三清理”行动，打造饮水干净、道路畅通、河流水清的新农村新环境，为推进贫困村创建社会主义新农村示范村工作打下坚实基础。

路边种满了五彩缤纷的花朵，装上了太阳能路灯，一派美丽乡村景象。

刚步入横山村，路边玉米地里已是一片金黄。饱满结实的玉米，让村民们的脸上挂满了笑容。这些颗粒饱满的玉米，凝结了数月以来珠江航务管理局驻村工作队和村民们辛勤的汗水与不懈的努力。也正是这份付出，让这一批甜玉米格外的“香甜”。3个月前，驻村工作队将村子里100亩荒地开辟成了玉米地，引进了金星10号超甜玉米品种。驻村工作队决心在这里种植出能够带动村民实现增收脱贫的甜玉米。

3个月的耕耘与坚守，横山村的玉米地终于迎来了盼望已久的收获时节。500公斤左右的亩产让村民们喜笑颜开，更令人惊喜的则是甜玉米的口感，品尝过的人都连连称赞横山村的甜玉米颗粒饱满，清甜多汁，远远优于市面上的同类产品。最近几日，驻村工作队的成员们都和村民一起采摘玉米，每天几千斤的采摘量让大家忙在外头，喜在心头。种植玉米时的兜兜转转、起起伏伏，在此时也更显值得和有意义。更让大家高兴的是，目前市场上甜玉米的价格较高，这一批玉米扣除投入的成本后能给村集体带来不错的收益，同时带动了贫困户的稳定增收。玉米是否香甜可口，不仅与生产地有关，更与培育种植的人息息相关，每一次风吹日晒的坚守，每一次细致入微的观察，都为这小小的玉米注入了点滴清甜。

沿路直走，来到横山小学，映入眼帘是一座古香古色的大古堡。清朝年间，塘口山区盗匪为患，民不聊生。当地群众为了防御盗贼，捐资在塘口河两岸建了周安、永安、泰安、定安、镇安五堡。五座城堡共占地三万余平方米，现保存较为完整的只有泰安堡。泰安堡位于塘口岸东向7.5公里横山小学内，据《塘口志》记载，始建于清嘉庆十二年（1807年），由刘振槐主持向刘氏各房募款兴建，灰沙红泥墙体。城堡围墙高4.5米，厚1.2米，占地面积6139平方米，四角筑有炮楼，城墙设有炮眼，在墙垣上铺筑石桥为人行通道。堡中建有大门，门顶设有防火水池，堡内原设有粮仓、水井、厨房、监仓、诊室等设施，堡内主要房舍仍保存较为完整。

泰安堡体现了当地客家围屋的建筑风格，是清代防御性建筑的实物，具有较高的历史研究价值，2002 年阳西县人民政府认定泰安堡为县级文物保护单位。2017 年 12 月，横山村被列为省定红色村，泰安堡通过修缮建设，被定为阳江市党史教育基地、党员教育基地、爱国主义教育基地。泰安堡修缮工程中整体设计感较强，修缮情况良好，建有 4 个党史展厅，拥有较浓厚的“红色”氛围。原本泰安堡和横山小学合二为一，现在已经分离。塘口镇准备充分利用古堡的红色革命元素，发展特色乡村旅游，既保护文物，又发挥文物的历史价值，推动当地乡村振兴发展。

距离泰安堡 3 公里以外，横山村桐岗自然村是一个正在“升级”的美丽乡村。新建成的农村文化公园种满了绿植，草坪上摆放着童趣十足的木制动物摆件和充满艺术气息的农耕文化雕塑，健身器材、篮球场、停车场等配套设施一应俱全，还有农耕文化展馆、清代名人故居等独具特色的历史文化资源。为避免千村一面，桐岗自然村美丽乡村建设，在保留其独有的乡村韵味之外，还努力挖掘出该村独有的历史文化资源，比如，农耕文化展馆、刘子校故居和忠恕楼（又称翰林楼）的建设和修缮等，旨在把桐岗自然村打造成既有颜值又有内涵的美丽乡村。同时，还要建立有效的动态保护机制，使美丽可以持续下去。在桐岗村，刘子校是个家喻户晓的名人。出生于1818年的刘子校，幼年家贫，发奋读书，于光绪八年（1882年）考取举人，获文魁匾。次年，殿试中赐进士，授翰林院检讨，官至都察院副御史。刘子校在京为官数年，即告老还乡。回乡后，热心地方文化教育事业，光绪十八年（1892年），主持重修七贤书院，任书院主讲，并开设横山圩场，促进地方经济发展。

刘子校为官清正，两袖清风，成为该村子孙后辈之楷模。如今，刘子校的子孙后代还保留着他的文魁匾。桐岗自然村村民小组长、刘子校第六代后人刘昌许告诉我们，刘子校的故事，家家户户津津乐道，引以为荣，是村民和睦友善、团结奋进的精神财富。

位于村中的刘子校故居和他当年修建的忠恕楼保存至今。忠恕楼，占地约100平方米，共有3层，高约8米，青砖黛瓦，古色古香，为该村标志性建筑。村民表示，当年忠恕楼门前有一副很有名的对联："忠心堪为国，恕己可而人。"正是忠恕楼得名的由来。历经百年风雨的忠恕楼因年久失修，亟须修缮。这次美丽乡村建设将对忠恕楼进行一次全面的修缮，尽可能恢复忠恕楼当年的风采。在忠恕楼前，有一个荒废的大鱼塘，也即将迎来华丽的蜕变。如今，清理了塘中杂草，筑起了塘边护栏，搭建了观景平台，面貌已焕然一新。接下来，将注入满池清水，种上连片荷花。夏日里，很快将会呈现出一派"接天莲叶无穷碧，映日荷花别样红"的美丽景象。

看着自己的村子越来越漂亮，村民们纷纷积极参与到建设中去，青壮年们自愿担起工程收尾工作。村民表示，现在居住在村子里十分舒适，希望为村中建设出一份力。"我们村建得比城里的小区还好，就像一个大花园。"村民自豪地说，在建设美丽乡村之前，村中杂草丛生，一派破旧景象，村民纷纷往外跑。如今环境搞好了，村民都经常回来，大家在一起同叙乡情、共话发展，生活充满幸福感！

烈日似火，扭开水龙头，洁净的山泉水哗啦啦地流出来，捧一口入嘴，甘甜爽口。沁人心肺的不仅仅是一口山泉水，更是美好生活的喜悦。我们完全相信，美丽乡村不会只是一句口号，千千万万个横山村会如雨后春笋般地涌现，故乡不再是不堪回首的乡愁！

旧寨·乡愁

陈仲琪

“昨夜西风凋碧树，独上高楼，望尽天涯路，欲寄彩笺兼尺素，山长水阔知何处……”

又是一年秋收时节，迎着飒飒秋风，阿党驱车从 300 公里外的大城市广州疾驰回到生他养他的家乡阳西县塘口镇旧寨村，帮忙年迈的父母收割稻谷。刚进村，混杂着浓浓稻香的秋风闯进车窗，熟悉的风景，熟悉的面孔让阿党卸下大城市工作的压力，再次重温童年的点滴。

20年前，阿党的老家旧寨村还是一个穷乡僻壤。旧寨村，常住人口约1000人，老年人、留守儿童居多，经济收入以种植农作物为主，距离县城20公里，距离塘口镇10公里。破旧的砖瓦房，农民一年四季面朝黄土背朝天，一年到头靠几亩田地维持温饱。日落而息，日出而作，锄禾日当午，汗滴禾下土，这是他们最本质的素描。这两年，乡村振兴的号角吹进这个小村庄，在县直单位帮扶下，无偿提供物资，村民拓宽了种植品种，增加了收入。近两年，村子一下子冒出了许多新房子，巷子里还装上了路灯，硕大的文化广场给村里带来丰富的文艺节目。明亮的路灯、平整的村道、甘醇的自来水，这些让旧寨村成了宜居的美丽乡村，这一切都是国家政策带来的变化。

空闲之余，文化广场成了村民晒农作物的场地。眼下正值金秋稻谷收割时节，宽阔的广场铺满饱满的谷粒，远远望去成了金色的带子。阿党家收获了差不多3000斤稻谷，今天他拉来1000斤在广场上晾晒。为了驱赶鸡啄食稻谷，阿党搬来一张躺椅在树下，躺在椅上，望着湛蓝的天空，吹着凉爽的秋风，童年的感觉瞬间涌上心头。这种感觉既是那么遥远，又是那么亲近、那么自然、那么回味无穷。

难得回来一趟，炒几味小炒，煲个老火汤，在院子摆上一桌饭菜，面朝稻田，叫上几个同学聚餐，颇有“开轩面场圃，把酒话桑麻”的意味。清蒸野生罗非鱼，沙煲焗野生八须鱼，白切番鸭，清炒水瓜，清炒韭菜，番鸭煲地胆头汤，还有充满童年味道的广氏菠萝啤酒。酒杯声、欢笑声，在沉寂的夜晚给这个村子带来许多生机与活力。

酒足饭饱后，阿党独自在村子闲逛。30 年前的苦乐年华，看似无忧无虑，回忆起来是那么苦涩。而今，走在干净的水泥巷道，洁白的灯光照在阿党身上，留下背后长长的身影。不知道谁家的房子传来熟悉的歌声：我的心充满惆怅 / 不为那弯弯的月亮 / 只为那今天的村庄还唱着过去的歌谣 / 故乡的月亮 / 你那弯弯的忧伤穿透了我的胸膛！

福坞行

谢金莲

“正是橙黄橘绿时”的好佳节，周末闲来无事，便约上友人来一场“说走就走的旅行”，目的地是最近评选新鲜出炉的五星美丽乡村之一——沙扒前步福坞村。

行程很顺，心情很畅，友人的汽车载着我沿着一条平坦的水泥路，行云流水般在连绵起伏的青山之间穿行而过，直达福坞村。

村牌是一块圆滚滚的大石头，上面书写的“福坞村”3个字红光四射，以火一样的热情迎接了我们的到来。信步漫行在平坦干净的水泥路上，每隔一段距离都能被这样的红色光芒照亮，或是“不忘初心，牢记使命”，或是“党在我心中”，或是“永远跟党走”的路牌伫立在道旁，可见党的宗旨已深入基层，深入民心！“得民心者得天下”，相信在共产党的领导下，我们的大中国一定会越来越富强美好！

走着走着，友人便感叹了起来：“村里的地面都实现了硬底化，真是路通财也通了，发展势头大好啊！”

我以笑表示赞同。据说现代化的水泥路未通之前，福坞村是三面环山，一面临海，地势犹如聚宝盆。福坞福坞，坞者，海边泊船之地，即船坞也。福坞的意思就是这块泊船之地是福地，因而名为福坞。古时的福坞风水甚好，但却与世隔绝，外人难以进来一窥其貌。如今路通了，便吸引了无数游人前来一睹其风采，满足游人“做一回田园客”的愿望，放飞心情，减压休憩，“偷得浮生半日闲”，暂时远离尘世的喧嚣和纷争。

两边林立的洋楼在我们的行走中倒退，如卫兵一样整齐的风景树挥手送别我们，而那热情好客的花儿却对我们依依不舍，为我们源源不断地输送香气，让这一场出游变得缠绵悱恻起来，空气里飘荡着的仿佛都是暧昧的分子，游者顿时有坠入情网的感觉，好幸福！这出行真是美如初恋！

这时，突然一声尖锐的鸡叫声，我忍不住挠了挠被震得发痒的耳朵，四下里追因寻果。原来是友人玩心大起，踢起小石子惊扰了一群正在路边觅食的鸡，那各式鲜艳的鸡毛在阳光下发出都市霓虹灯般绚烂的光彩，让人不禁产生了时空错觉，仿佛此刻正置身于大都市华灯初上的街头，“结庐在人境，而无车马喧，问君何能尔，心远地自偏。”

此情此景，我不禁忆起了小时候和几个小伙伴常常追着那些漂亮的公鸡，拔下它们最美的羽毛，然后拿露兜叶编织一个底座，再将鸡毛插在上面，就成了一个纯手工制作的鸡毛毽子了。但这毽子不是用脚踢的，而是用手拍的。小伙伴们通过“剪刀石头布”来决定好顺序，形式可以是“三局两胜”“五局三胜”“七局五胜”，在房前屋后的空地上就愉快地玩耍了起来，“拍毽子拍毽子，你一来我一去，就看谁能得第一”的童谣满村传唱。

回忆正酣时，冷不防友人又语出惊人了：“‘故人具鸡黍，邀我至田家……’可惜养鸡人不是我们的故人，吃不到天然健康的香喷喷的鸡肉了。”

“你这吃货，到哪里都只想着吃，得找个地方治治你肚里的馋虫才行！”我将友人拖到村中的医灵庙前。

我走近庙门口的香炉前，偷偷地捻了一点香灰，然后出其不意地抹在了友人的唇上，大笑着说给友人治馋病。友人边用手擦着唇，边追着我打，我一不小心就躲到了人家的晒谷场上，差点踩着那满场金黄的稻谷。

幸好乡下人淳朴，也不恼我们，反而被我们的欢乐感染了，也跟着没心没肺地笑了起来。他们或赤脚在耕谷，或耙谷，或用扫帚扫着被风吹到边上的瘪谷……满场的稻谷犹如碎金，被阳光一照，光辉耀如日月，再反射到晒谷人健康的古铜色的皮肤上，整个场子的人和物都仿如被阳光照着。

福坞，果然是福地！这也许就是当初他们的祖先陈赵溪于明朝脱离大家族，从儒洞大村移居来此的原因吧。

可友人却不赞同我的看法，说或许陈赵溪当初爱上了一个不喜世俗礼规而被家族所排斥的女子，陈赵溪便毅然决然地带着爱人来到福坞砍木建屋，开荒种田，收稻酿酒。

因为友人编的故事，让人觉得场上那些粒粒饱满的稻谷里藏着的不是白米，而是爱情的种子，再被后面新建文化广场上的大红党徽照耀着，儿女情长之中又添了一份家国情怀。

此情此景暖人心，讲完故事的友人想拉我去村西南呈岭看明崇祯年间设下的烟墩（烽火台）驻哨遗址，我就舍不得离开了。

友人以为我不想去登岭，转而要拉我去看党建公园，说想看看党建公园与普通的公园有什么不同。

“党建公园种的应是党花，党花在我心中常开不败，无须去看也可。”我边说边戳了戳心口处。

友人嫌弃地白了我一眼，以示鄙视我的懒惰，然后不顾我的意愿，硬拽着我往前走。

这时一个虎头虎脑的小朋友突然跑过来，塞给我一把谷耙，然后笑着就跑开了。这把谷耙成功地转移了友人的注意力，友人像发现新大陆似的抢过谷耙，脱掉鞋子走进谷堆里，学人家农民伯伯耙谷，那笨拙的动作逗乐了所有人，而友人却自我感觉良好，还愉快地哼起了歌：稻浪滚滚闪金光，机器隆隆打谷忙，人心欢畅大增产，丰收粮食堆满仓、堆满仓……农民踏上富裕路，幸福生活万年长、万年长！

迷人的蓝袍村

梁愈箭

蓝袍村位于阳西县溪头镇，是一个淳朴的渔村，满是原生态的自然气息。村对面就是蓝袍湾，海岸线长达6.5公里，海水湛蓝、沙质细腻，沙滩有宽阔的防风林。蓝袍村拥有美丽的海边自然风光，还有让人垂涎欲滴的海鲜美食。

从县城出发，大约半个小时的车程，就到蓝袍村口。海边渔村的特色一点点显现：门口织网的村民、稻田边废弃缆绳做成的围栏、屋后旧渔网做成的养鸡栏……

从村口到海湾的路是一条小路，小路两旁是房屋。小路像是城镇里的小巷。在蓝袍村大约走了一半的路，另一半的路才豁然开朗，两边是草地。草地翠绿、辽阔，像是到了一片原始的湿地。

过去，蓝袍村的拉地网久负盛名。因拉地网对海洋生态破坏严重，国家出台政策全面取缔。曾经吸引无数摄影爱好者的机械操作拉地网捕鱼已成历史。村民现已转产办服装厂。现在村里的服装厂正紧锣密鼓筹备中，规划第一期招150名员工，第二期可以招300人，第三期可以招600人。服装厂不仅可以帮助解决村民的就业问题，而且能壮大集体经济收入。

村中建有美丽的党建主题公园，通过建设党建文化长廊、党建地标等，将村部概况、党员先锋站等内容搬进公园，从而进一步引领美丽乡村的建设。村中还建有一个高规格、高标准的文体广场，配置有篮球场、羽毛球场等，文体广场与周围树林相映，形成一道亮丽的风景线。

蓝袍湾盛产九节虾、螃蟹、濑尿虾、石斑鱼、扇贝、黄花鱼、鲳鱼、鳝鱼、鱿鱼、墨鱼等各类海鲜。蓝袍村还有部分村民从事浅海作业——撒网捕鱼。大排档的老板就地取材，刚捕捉的海鲜味道鲜美，价钱偏低，许多游客慕名而来，尽兴而归。大排档老板因地制宜，把刚打捞上来的海鲜直接拿来加工，节省运输成本。热情好客的村民无论是本地游客还是外地游客，出售的海鲜价格一样，赢得了很好的声誉。虽然没有了拉地网，但还是游人如织。

蓝袍湾附近一带是钓友常去钓鱼的好地方，因阳西火力发电厂离这儿不远，电厂有一个巨大排水口，特别是秋冬时节，排出暖水，鱼儿汇聚于此取暖或觅食，主要有黄特昌、花泥猛、鲈鱼等。

在蓝袍湾，可见不远处的阳西火力发电厂两个庞大的烟囱正冒着白烟，还有龙高岭山脉上的巨大风力发电风车的扇叶在慢慢转动，成为海边一道美丽的景观。

蓝袍村由于还未开发，是驴友探幽和露营的好地方。这里的海边也是人们享受大自然的好去处。当太阳西下的时候，游客坐在露天的大排档前，凉风悠悠，诗意无限。此时，好客的大排档老板已为你准备了丰盛的海鲜晚餐。饭后，天色已暗，月亮静悄悄地挂在天边。不远的海面上笼罩着一层轻轻的薄雾，宛若梦境里身着一袭白纱的曼妙天使，楚楚动人。贪婪的游客依依不舍，尽享海湾夜景，感受淳朴的渔家风土人情。静静地躺在沙滩上，海风轻轻地吹，涛声自远道而来，零零散散的渔火，正如天上的星星眨呀眨，迷人得难以形容。此时，有人正在筹备篝火晚会，热恋的男女手拉着手，赤着脚，奔跑在银色的沙滩上，惹得一群沙蟹东躲西藏。有人在蓝袍村选择简洁舒适的客房入住，有人选择在海边帐篷里和衣而睡。

晚上活动丰富多彩，听音乐、烧烤、玩游戏……青山做伴、大海为邻，山海辉映，碧水接天。仰而望山，俯而听涛，此乃游蓝袍村之乐也。

蓝袍湾原始淳朴自然，不施一点粉黛，宛如山野的村姑一样清纯秀美。蓝袍湾像一颗埋在地下的珠宝，一经开发，必将放射出璀璨夺目的光芒！

东水风景带上的明珠——三斗种

冯家庆

近年来，随着生态旅游的发展，东水风景带成为周边城镇居民的重要旅游目的地。三斗种村，这个藏在深山的小村落，县道X746的终点，东水风景带上的明珠，频频成为驴友旅游攻略里的关键打卡点，日益显示其独特的开发价值。

三斗种村，坐落于新墟镇北部下窝尾岭山腰上，西南面有深冲村，西北面有黄花地村、禾仓坪村，东北面有关刀石岭。曲河，发源于上窝尾大岭顶，自北向南流至陂底水库，流经村东南方。曲河的分支河流吊水潭小河从村前流过，自东南向西北汇入东水河。

竹，是东水风光带的基本元素，在村场驻足，触目所见漫山遍野都是竹，宛如置身竹的海洋。如值盛夏，竹子新叶长成，视野所及，不见黄叶，放眼望去，前后左右、高低远近，山上全是竹子的翠绿，山风轻拂，掀起翠绿的波浪。竹子的中间，偶尔有一棵乔木异军突起，如同一个被突然卷高的浪花，作势欲扑人。即使烈日当空，但竹涛涌动，连绵起伏，竹浪迎面而来，奉上阵阵清凉，竹香扑鼻，人就像漂浮于“竹海”的风口浪尖上，“乘桴浮于海”，感觉妙不可言。

靠山吃山，竹子成为三斗种村村民的主要收入来源。

以竹子为主要原材料的土法造纸，一度成为村里的支柱产业，鼎盛时，家家户户建有造纸作坊，村民男女老幼均参与造纸生产。造纸工艺复杂，需要经过“浸料”“漂料”“椿纸”“捞纸”“压纸”“拆纸”六道工序，东水古法纸传承300年，复活了东汉蔡侯纸，由于产品原始，利润稀薄，造纸作坊日渐式微。

东水竹笋以肉厚、脆嫩、肥大、味鲜美而著称，是一种不可多得的佳肴。可鲜吃，也可腌制，或制成笋干，各有风味。

此外，编织竹制品箩筐、畚箕等，是村民们另外一项重要经济收入来源。

茶叶是三斗种村另一支柱产业。得益于海拔高度、气候和土壤条件，三斗种村十分适合种植茶叶。该村曲河茶场已有1000多年的茶叶种植历史，山中万亩原生态茶园出产古老而天然的东水山茶。拥有百年以上古茶树超过10000株；300年以上古茶树超过1000株。百年古树数量如此众多，在全国范围内亦属罕见。正是基于这一良好的自然生态、悠久的种茶历史及大面积和数量众多的古茶树资源，东水山茶乡被评为“广东十大茶乡”。阳西县东水茶业有限公司于2012年成立后，以“东水山茶”为主营品牌，重新整合了东水山原有的百年原生态的古茶园优势资源，成立特色的茶叶培植基地，经过数年潜心选种、培育、不断调整制作工艺，最终由公司独有的小叶树种“金手指”制作的红茶“黄金芽”，以其花香馥郁悠长，滋味鲜爽、醇和、蜜韵显的显著特点，2015年被评为“广东十大名茶”，2018年被评为“南方养生明星茶”。

三斗种村附近的几个流水冲击潭，是东水风景带的精华所在。代表性的有吊水潭。上游流水迅猛，流经巨石冲击而下形成瀑布，瀑布分三层，以首层最高，长达20多米，流水飞泻，水花激溅，气势十分壮观，吊水潭瀑布有“小庐山三叠泉”之称。下游形成巨大的积水潭，潭水清澈冰凉，周遭翠竹环绕，清风徐来，水汽氤氲，暑气尽消，好一个清凉世界。

三斗种村自然资源丰富，野生巴戟天是重要的药材，已发现的珍稀树种有猪血木、红山茶、皋月杜鹃以及各种野生动物，是天然的聚宝库。

村里尚存传统广府民居10座，一座两廊式造型，砖瓦、木石结构。在村西方约1.3公里处有座盘古宫，坐东朝西，占地面积135平方米。始建于清朝，重建于1994年，仿照古园林建筑的造型建造，是信士烧香拜佛的场所。宫里供奉着盘古公，每逢农历的初一、十五日信士集体到庙里诵经、拜祭。逢农历十月十六日盘古诞辰，信士用“三牲”(猪肉、鸡或鹅、鱼)集体拜祭，诵经文。该村有做“四季社”的习俗。每年的立春日、立夏日、立秋日、立冬日，村民会到盘古宫里用全猪祭拜，祈求四季平安。

白土村：山歌嘹亮，龙游树头圩

冯家庆

X604 连接织篢和溪头，是阳西县最繁忙的县道之一，白土村就在这条公路的中点，公路穿村而过。明成化年间，始祖刘福成公从东莞迁来此地开基建村，挖地建屋时发现地下全是白色的泥土，而取名为白土村。村场西北面有虎山岭雄踞，西南面罗垌水库碧波荡漾，村东南坡地绿树成荫，村西北良田稻浪滔滔。

白土村因“白土圩”而知名。村中有数棵大榕树，树龄最长的据说有 500 多年，古树枝丫交错，遮天蔽日，形成一片清凉世界。建村时，村民在树下交易农副产品，互通有无，渐成集市。新中国成立后，物产渐丰，交易规模扩大，20 世纪 60 年代，风云际遇，白土村划入石埗公社，而石埗公社办事处设在白土圩，自此人流更加汇集，陆续开设有供销社、肥料部、食品站、水产行、信用社、成衣行，至 20 世纪 80 年代达到顶峰，逢三六九圩日，附近乡民前来赶圩，人头涌动，摩肩接踵，白土圩成为远近最重要的圩场之一。今天，赶圩的人早已散去，古树也被寄生树种入侵覆盖，枝叶萧条，唯有挺拔的躯干还在诉说昔日圩场的繁荣。现村委会规划将古树圩原址改建为村民公园，清除古树上附着的寄生树种，回复古树生机，树下添置休闲娱乐、运动健身设施。现已完成旁边篮球场的前期建设。假以时日，古树圩将以另一种面貌重获新生。

山歌，是白土人另外一张名片。白土人喜欢唱山歌，是一种古老的传统，村中老人也说不清楚，到底什么时候白土人就这么热衷于唱山歌，荷锄而作时唱，可以排解劳苦；休闲娱乐时唱，可以交流情感；节日喜庆时更离不了唱，山歌唱出了过节的韵味。每逢春节，村里搭好歌坛，主持人设定歌题，村中歌手轮番登台，无须歌谱，也没固定唱词，全凭歌手围绕歌题即兴发挥，雅俗共赏，击节和韵，余音绕梁。这场一年一度的山歌盛宴，一般会从年初一持续到年初六。白土山歌虽然大多数是即兴演唱，但经典的歌调、唱词也会被记录并保存下来，如《行程》《金字华》等名曲，只不过唱山歌是童子功，现代生活节奏越来越快，唱山歌的年轻人越来越少，山歌艺术的传承，引起了各界有识之士的关注，希望白土山歌可以后继有人，越唱越响。

有歌必有舞，舞龙是白土走出去的又一个金字招牌。白土舞龙队从清朝建队，流传至今。百年传承，佳作频出，硕果累累。1985 年，舞龙队送出的节目《鲤鱼化龙》，参加在湛江地区举办的全国民间艺术汇演获得一等奖；2003 年，节目《鹬蚌相争》获得阳西第一届文化节汇演一等奖。这两个经典舞龙节目相继被列入省级非物质文化遗产。名声在外的舞龙队很受村民欢迎，春节期间，舞龙是村里的传统保留节目、文化盛宴。每逢节庆，舞龙队也频繁被邀请外出演出。

白土村还有一个独特标签——树头古井。据村中老人口述，原井口位置有一棵水瓮树，树枯死后竟然从树头冒出泉水来，村民就泉眼掘地为井。更神奇的是泉水冬热夏凉，夏天凉沁入骨，冬天热可烫手。涌泉量很大，村民就井建有水渠，引井水灌溉白土500多亩良田。据说井水矿物质含量丰富，以此水井之水灌溉可以增益收成，村民饮用此水，更有延年养颜的奇效。当地民谚有云："茶山竹，石埗木，白土夫娘珠垌谷。"谚中"夫娘"指妇女，极赞白土妇女气色好、靓丽，或与饮用这口古井的水有关。

村中有一座三仙宫庙，供奉黄幸三大仙师。占地面积600平方米，坐南向北，两进三间，砖、木、瓦结构，墙壁上雕有花鸟图案，古庙门联：迹著紫荆传妙谛，恩留白土显英灵。联字遒美健秀，为村中名人刘运潮所书。农历三月初三为古庙诞期，白土及邻近村民聚集贺诞，全套吹打乐队，舞龙队助兴，游行队伍远及附近元州岭、石埗、潮丰等村落，游行场面十分盛大。祈保雨顺风调，四季平安。

血鳝饭是白土特色美食，到白土不可不尝。血鳝去骨取肉，炒制之后，再和米合煲，味道鲜美，补血养颜，为远近名品。

到白水来赏海景

冯家庆

白水村，坐落于南海之滨，村场所在地遥望龙高山南麓有一帘瀑布奔流而下，状如白练，故而得名。

从县城出发，沿着省道278一直走，路平而直，视野开阔，沿途跨越河流，穿过田野，路旁桉树修长挺拔，风光美不胜收，如果要评选阳西“最美乡道”，我一定首投这里一票。从省道拐入村道，顺着水泥路就直通海边了。

出海滩，要先通过一片木麻黄防护林。木麻黄是一种针叶常绿高大乔木，耐咸碱，是海边防风固沙植被的首选树种。这片防护林，就像值守在海边的忠实卫士，守护着沿海良田和人家。村民在防护林里放置了十多个改装成旅馆的集装箱，可供外地游客住宿，树林里也搭上了网床、秋千架等休闲娱乐设施。繁星满天的盛夏之夜，独享夜的宁静，在网床上看书、听歌，沉浸在海面吹来的凉风中，或许会是一种难得的人生体验吧。

白水海滩开发相对滞后，虽然有了“集装箱旅馆”，但客流量并不大，正因如此，这里还拥有难得的淳朴和宁静。无论何时，海滩浴场“下饺子”的场景不会出现在白水海滩。来吧，选一个周末，到白水来，或许这片海正是你内心最想抵达的地方。

白水海滩难得的地方是平缓和洁净。在海浪抹过的光滑地面上画画、写字，然后拍在照片上，会有一种特别的美感；小孩子最爱在沙滩上玩沙、戏水，沙和水会带给小孩子无与伦比的快乐；稍大一点的男孩喜欢在离水更远一点儿的沙滩上活动，踢足球、打排球，都是不错的选择；至于姑娘们，打开美颜相机吧，湛蓝的海，绵延的防护林，还有远处的风力发电风车，朝阳落日，晨光晚霞，都是拍照的绝佳背景，随便构图，随手一拍，都是美景如画。

秋日游寿场村

张金

“晴空一鹤排云上，便引诗情到碧霄。”金秋十月，沐浴着温柔多情的阳光，呼吸着稻谷飘香的空气，我决定来一次说走就走的乡村之旅——寿场行。

寿场村位于儒洞镇东南部，毗邻沙扒镇，总面积约15平方公里，辖区内有东村、中村、西村、竹兜村、高园村、老村、坡脚村7个自然村，村的总人口数6014人，耕地面积约3457亩，果园200亩，依山傍海，资源丰富，主要农业生产水稻、番薯、花生等，渔业生产海水养殖等，部分农民外出务工，是一个半渔农业村。

海水养殖

我来到海边的海水养殖场，首先映入眼帘的是一座两层高的骑楼，因长年的日晒雨淋，白色的墙面上长满了青苔，虽然它和现在的建筑物格格不入，但可以想象，曾经的它也有过自己的辉煌。此时的它就像一个历尽沧桑的老者，在默默地诉说着久远的历史。沿着坚实的塘基路前行，前面是一座用石头垒砌成的房子，屋顶是用瓦片盖成的，尽管有些破旧，但经过主人的巧手修葺，它又恢复了原先漂亮的容貌。

我轻轻地走近它，就在这时，我发现墙角的一隅长着一株绿色的野藤，一根根的藤蔓肆意地向上攀爬，再仔细一看，在绿叶丛中还藏着一个个圆鼓鼓的小球，青翠翠的，我好不惊讶！这是一种野生的浆果，熟透的果子是金黄色的，外壳薄薄的，里面全是黑色的籽，它们由一层白色的膜状液体包裹着，黏糊糊的，吃起来酸酸的、甜甜的，散发着浓浓的香味，就连碰过它的手还留有余香呢。我的小侄女小如最喜欢吃它了，每天傍晚都要缠着我母亲到路边的草丛采来给她吃。我欲摘几个带回去给她，可惜果实还没有熟，只好就此作罢。

房门是打开的，门前停放着一辆摩托车，我走到门口来，只见里面全是一米多高的水池，水池的周围安装着一条条自来水管，正源源不断地往水池浇水，仔细一看，池里有细如毛发的生物在蠕动，密密麻麻的。屋主是两个年轻的男人，他们身材修长，有着阳光一样健康的体格和皮肤，俊朗的瘦脸，看起来 30 岁左右。此时，他们正忙着用瓢装饲料喂幼鱼，他们告诉我，这是黄鲷苗，再过 20 多天，幼鱼成形后就可以出售了。

俗话说：近海吃海，近山吃山。这几年，寿场村的大多青年不再到外边去寻找“金矿”，因为他们发现自己就坐在“金矿”上。他们留在家乡创业，依靠优越的地理位置，盖起了孵化场，从福建、海南、深圳等地购回黄鲷、花鲈、金鲳鱼等鱼卵进行孵化，待幼鱼成形后再销往全国各地的沿海地区，从中获取丰厚的利润。海水养殖业的兴旺带动当地人纷纷加入其中，他们像八仙过海各显神通一样，有的作为鱼贩老板，专门为各地的塘主牵线，有的则买回大型的货车，配置氧气瓶、水桶等设施，干起运输鱼苗的行业，凭着精明的脑瓜和勤劳的双手，源源不断的财富就像滚雪球一样滚进了他们的口袋。

六堡祖庙

六堡祖庙是寿场村的一个比较突出的建筑物，它是在前两年修建的，有六堡大戏台、六堡功德神坛和六堡祖庙 3 个主要部分，占地约 3600 平方米，耗资 100 多万，经费大多来源于乡贤和群众的捐资。相传六堡神是在明末清初时期进入本境的。六堡神座的外形像一朵含苞待放的莲花，俗称“六堡莲花神坛”，现在则称“六堡祖庙”。希望六堡神在此镇居能给人们带来四方平安，人丁兴旺，百业俱兴，人才辈出，风调雨顺，五谷丰登。

六堡祖庙活动成为当地一种别具特色的文化习俗，每年都吸引不少外地游客前来参拜。

独特小吃

寿场的市场是在去年修建的，占地约1400平方米。每天从上午11点开始，各个自然村的人们不约而同地聚集到市场来赶圩，此时，摊位上的鱼、肉、蔬菜应有尽有，它们大多是当地自产自销的农产品。人们在市场上尽情地挑选自己所需要的物品，待将近下午1点，人们就像海水退潮一样，陆续离开，圩也就散了。这两年，村里的超市、商铺、饭店，多得好像雨后春笋一样。于是，现在的寿场村“麻雀虽小，五脏俱全”，在很多方面做到了自给自足。

同时，外地的生意人也瞄上了这块正在开发的处女地，他们鱼贯而入，到这里来寻找他们的创业梦。福建人在这里开起小饭店，推销他们拿手的馄饨面，其价格合理，童叟无欺，凭着诚信的经营理念，获得本地人的喜爱。说起福建人和寿场人的关系，这其中是有渊源的。据历史记载，寿场人的祖先是福建人，他们是宋朝末期迁徙来寿场的，这也是寿场人还保留着福建莆田带来的乡音，以及一些福建人的生活习俗和文化信仰。

说到当地的小吃，首推油炸煎糍，人们在新居落成的时候都会提前到这里的饼铺来定做煎糍，一次就要300—400个，不过，他们一般都是选用8字结尾的数字，寓意发财的好意头。煎糍色彩金黄，拳头大小，外形饱满，像一个滚动的小金球，秀色可餐。分为甜和咸两种味道，甜的用当地出产的香糯米、花生、椰丝、黑芝麻、白糖做材料；咸的用绿豆蓉做馅，吃起来外焦里嫩，香软可口。食客们在品尝过后都忍不住啧啧赞叹。于是，一传十，十传百，小小的煎糍名声在外，成为当地的一个小招牌了。

除了煎糍，鱼饼也不错，鱼饼的材料取自当地蚝田出产的天然蚝，吃起来香香的、脆脆的，齿颊留香。看着琳琅满目的美食，我忍不住馋涎欲滴，马上伸出“一阳指”，东指指，西点点，把每一种小吃各打包一份。我要把它们带回去孝敬爸妈，让他们也开心一下。

回家的路上，头顶着午后炎热的太阳，眺望那一片金灿灿的稻田，我不禁想说，寿场，我一定会回来的！

石楼村有个“鸟的天堂”

张金

石楼村位于阳西县儒洞镇的东南部，毗邻寿场村，延伸到附近的沙扒镇。那里山清水秀，鸟语花香，是一个非常接近大自然的地方。

16 岁那年，我爱上了户外运动，经常一个人骑着单车到处游荡，踏遍了本镇大大小小的村子。我最喜欢的路线是从儒洞镇的大村出发，途经驹龙村，向左拐，转入一条蜿蜒盘旋的林荫小路继续前行，又穿过一座座平缓的小青山，再路过石楼村、寿场村，最后踏上崎岖不平的海堤路到达沙扒镇去看海，来回 3 小时的车程。这一路上，我正好可以痛快淋漓地排泄一身臭汗，同时安静下来梳理一下自己凌乱的心绪，可谓一举两得。

在本镇的众多村子之中，唯一让我难忘的是石楼村。那里有一棵老榕树，第一次看见它，我惊讶得张大了嘴巴，长这么大，我还是第一次看见这么大的树！它的腰肢像一堵厚厚的城墙，要好几个人手拉着手才能把它抱住，从树干上垂下来一条条长长的根须，就像一个耄耋老者的胡须；它的枝叶非常茂盛，密密匝匝的，把半个天空都给遮住了，仅有斑驳的阳光透过叶子投射下来，村里的人们就搬来凳子坐在绿荫下乘凉。

本着对老榕树的好奇，我每次路过它的时候，总忍不住停下车来驻足观望，试图破解它的生长之谜。因为喜欢老榕树，爱屋及乌，我喜欢上了石楼这个朴实无华的小村子。后来，大概是因为老榕树真的有灵性，它“窥探”到我的心思，对我偷偷地实施了“魔法”。18 岁那年，我邂逅了家住在石楼村的林，并从此无可救药地爱上他。4 年后，我和林步入了婚姻的殿堂，成为一个名副其实的石楼人，和老榕树比邻而居。在我生下儿子的那个月，我留在婆家坐月子。当时，环境不大好，我们住的是一幢两层的旧式小阁楼，非常简陋，最不方便的是没有卫生间，这让我感到难以启齿，第一天夜里将就着过去了。

第二天，天蒙蒙亮的时候，我被一阵阵嘈杂声吵醒，仔细一听，是鸟叫声！响彻云霄的鸟鸣打破一个小村子的宁静。我马上从床上一跃而起，跑出阳台一看，顿时被眼前壮观的一幕震住了！只见老榕树的树梢上聚集了密密麻麻的鸟，大的、小的，黑的、花的，多得可以一网打尽，它们从四面八方奔赴这里来安家，现在报晓来了，有的站在树枝上，有的飞起来，有的扑腾着翅膀，叽叽喳喳的，极尽所能地展现着自己的歌喉，好不热闹！村民们对此见怪不怪的，没有去惊扰它们，而是和它们和平共处。

我想起了巴金的《鸟的天堂》，而这里不也是鸟的天堂吗？之后，我向公公打听有关老榕树的故事。公公告诉我，他是1949年出生的，那年刚好是新中国成立，从他记事起，老榕树已经存在，而且长得很粗很壮了。到目前为止，老榕树大概有500年的历史了。可以想象，这一路走来，它就像一个饱经沧桑的老者，不知经历了多少的磨难，吃了多少的苦，才存活到了今天，在它身上，我看到的是一个顽强不屈的生命，一个活生生的励志的故事。从此，我对老榕树多了几分敬仰，每逢在生活中遇上不顺心的事，我就会想起它，心里倏然有了力量。在坐完月子后，为了生计，我离开村子到镇上去工作了，并且后来把新家安在了镇上。

现在的石楼村正响应国家的政策，打造美丽乡村。村里铺上了平坦宽敞的水泥路，修建了崭新明亮的篮球场，在老榕树下垒砌了一个大花坛，摆上石桌、石凳，以供人们作为休闲娱乐的场所。看着变得越来越漂亮的小村子，我在心里美美地憧憬着。在党的英明领导下，我们石楼村有一天能变成一个集避暑、垂钓、登山一体的特色乡村，到时，这里不仅是鸟的天堂，也是一个美丽的人间天堂！

青山绿水间的新村

陈雪怡

秋高气爽的季节，田野间一大片一大片的稻谷，随风起伏，好像翻起金色的波浪。而路边的树和远处的山，却还是那么翠绿，绿得令人陶醉。树下那些不知名的草本植物，开着洁白的小花，在绿丛中颤动着小小花瓣，煞是好看。走过开满鲜花的小路，新村就在眼前。

新村是山塘村委会管辖下的一个山清水秀的自然村。村后的绿树连着层层的山峦，村前纤纤竹影，半遮半掩，令村子充满神秘感。山风如一双温柔的手，轻轻地抚过竹林，发出“沙沙”的响声，像是有人在弹奏一首优美的曲子。

村子的后面就是龙高山。山上水源充足，人们在山坳下方建了两个电站，第二个电站就在新村的后面。夏天的时候，这里是个清凉的世界，电站的水是龙高山上流下的泉水，泉水流到电站汇成小河，河水清澈见底，河床积满大小不一的鹅卵石，见不到一丝杂质。当地人说，这些石头和水都含有丰富的矿物质，加上山上长着大量的中草药，使这里的水甘甜可口，既解渴，又消暑，在此生活的村民肤色白里透红，男的俊，女的俏。真是一方水土养一方人啊！每逢夏季，大批的城里居民，携带家小，开车来这里避暑、泡澡。七夕那天，这里更是热闹。当地人有个习俗，习惯在溪河泡澡。人们还带着装水工具从城里赶来，等泡完澡带水回家储存，那些水放再久也是澄清甘甜。

再往下一点儿的是大水河，大水河边有个大水河庙。听说以前，每当下大雨，山洪暴发，山上的水都往这里灌，使新村和附近的一些村子及农田受洪水淹，被山洪淹过的田地颗粒无收。有一年，又是洪水泛滥，山间的水“哗哗”地冲下来，这时，由龙潭上游出来两只大白鹅，顺着水流飘到大水河中，在河面缓缓地游着。说也奇怪，白鹅出现后，雨竟慢慢变小了，天也放晴了，两只白鹅在大水河中翻筋斗、打转，转着转着却不见了……后来，人们在河边建了座庙，名叫“大水河庙”。从那以后，河水环绕着山塘属下的村子潺潺地流，也是从那以后，这里的农作物年年丰收。

站在大水河庙前看龙高山，角度好，看得特别清晰。青山呈弧形连绵，环绕着村落，像两只有力的臂弯，环抱着这一片土地。山上白色的“大风车”，在徐徐转动，如一个个轻盈的舞者，在欢歌曼舞。

而在这里看新村后面的流水，也别有一番风景。龙高山的水由龙潭流至困狗潭，再从困狗潭流下，到达第一个电站，从电站经过，流进了一个美丽的小岛。流水环绕着小岛流动，远远望去，如在流水中央嵌入一颗绿宝石，此处名叫“运水油玩”。流水在“运水油玩”稍做休息，回旋片刻，才流向第二个电站。如果是夏天，遇上大雨天，“运水油玩”的水满了，会直冲向第二个电站，形成一道宽十多米，高二十多米的瀑布，瀑布飞流直下，有时雨后，太阳从云里露出头，阳光射到空气的小水滴里，瀑布上方就会出现一条七色彩虹，如银的瀑布被彩虹染成彩色，美丽而壮观。

龙高山，又名青龙山，海拔 836 米，有 4 个高峰，最高峰是第四峰。本地人把“峰”叫作“尖”。第一尖离村庄最近，上龙高山有一条比较近的路，由住仁塘村或儒兰角村爬上，翻过马岭额，就是龙高山第一尖。

这一片村庄是我儿时常经过的地方。那时，我常跟着母亲走路来我外婆家。外婆家住在大水河的左边不远的村庄。那时因家里穷，粮食不够吃，父母要让我去外婆家住。母亲带了海鲜来，在我们那里，那时候的海鲜价格便宜，外婆却炫耀似的把海鲜分给村里人。村里人吃多了山珍，海鲜就成了稀罕物，拿了外婆送的“好东西”，村里人纷纷拿出吃不完的番薯、芋头、瓜果回送她。外婆用两个竹筐装满，让母亲挑回家，留我在此住下来。从那以后，我便在大水河边的青草坪上帮外婆放白鹅，跟附近的小孩子在这里玩耍、捉迷藏，听小河轻唱，听山风轻吟……

如今，当我再次踏足这片熟悉又亲切的土地时，心情无比激动。这山啊，这水！您可曾记得，一个曾被您养育过的小女孩？是您，用您温柔的胸膛温暖过她！是您，用您纯朴的乡音教导过她！您的爱是伟大的，您的爱又是无声的！今天，我回来了！站在您的脚下，停在您的旁边。风，带着泥土的芬芳，柔柔地拂过我的额，我陶醉在您温柔的怀里。这么多年过去了，您依然那么美，那么年轻，那么有活力！我相信，在不久的将来，您会在新时代的号角中变得更美！

美丽乡村示范村——上洋新村

卢启

坐落在上洋镇政府西南面距离镇政府约 3 公里的新村，村的四周是稻田和坡地，村场地势平坦，村庄尽沐田园风光。

在上洋村委会办公楼沿硬底化道路可直达该村。到了村口，最先展现在眼前的是“美丽乡村示范村”的牌子，村前是文化广场，广场边多处设有文化宣传专栏，有卫生站和村中设施分布图指示牌。再往南面的村边走，就有一个淡水养殖鱼塘，鱼塘东北面的边缘设有橘红色的栏杆和栈道，放眼鱼塘中间，波光潋滟，堪称农家水上乐园。鱼塘的西南面是一片荔枝果园，荔枝树在熏风吹拂下，仿佛在向客人招手，娓娓道来自己生长在肥田沃土、美丽乡村的家庭中，值得骄傲。村中还有两棵小叶榕树，树下凉风习习，是村民避暑纳凉的好地方。

村中民居成行成巷，排列有序，残垣颓瓦今已夷平。硬底化道路绕村到户，地下排污管将村庄淤泥渍水排得一干二净，日常生活垃圾集中收放，有专人处理运走。村中环境优美，卫生整洁。这是党的十八大以来建设美丽新农村的有力见证！

美丽乡村自建成后，为村民带来了趣味盎然、多姿多彩的生活。清晨，广场上有村民在打太极或短跑或做早操等晨练。傍晚，广场上有村民自备音响在跳舞、唱歌、唱曲，那抑扬顿挫的旋律笼罩在广场上空经久不散；广场的一角，还有孩子们在踢足球、玩游戏，村民们看在眼里，笑在嘴上，暖在心中，乐在其中。美丽乡村！幸福生活！

旺寮村

卢启

值金秋十月之际，我们走进了素称“鱼米之乡”的挖仔村。挖仔村又名旺寮村。村庄依山傍海，藏风聚气，村场较大。该村坐落在南海之滨、牛头岭畔，隶属上洋镇福湖村委会管辖。

村的东北面是进村路口，路旁是一片果园，近村口处是一间小学。沿学校门口水泥路直走进入村中心地，此处有肉菜市场和一幢混凝土结构的两层高的老人活动中心楼，还有两棵100多年的小叶榕树，榕树枝繁叶茂，像两把撑开的伞，树下是村民乘凉、聚集议事的好地方。村中高楼鳞次栉比，环境卫生优雅，硬底化道路绕村接户，太阳能路灯夹道环村。

走进村的东面，是广袤的田野，黄澄澄的稻穗在秋风的吹拂下散发出阵阵稻香。放眼望去田野像一张金黄色的地毯。而金黄的稻穗与蔚蓝的天空相融，又像一幅壮锦随风起伏。

村的东南面是汪洋大海，海岸边是一片雪白沙滩，沙滩上五颜六色的贝壳在阳光的照射下发出耀眼的光芒。海浪涌上岸滩时，拍打着岸边的岩石，激发出悦耳的涛声。远眺水天相接处，几只渔船在往返穿梭。在这里既可踏浪听涛，又能尽览大海风光，真想高歌一曲，以示浪漫的情怀！

走进村的西南面 100 多米处，是泊船港口。满港的红树林格外妖娆，一群群海鸟在树林丛中欢快跳跃，那碧波荡漾、鸟戏天堂的景致让人凝眸驻足。而红彤彤的晚霞与蔚蓝的海水相映，美得如诗如画。

游览大塘尾村有感

敖特

2019 年 12 月 22 日，冬至日，北半球全年中白天最短黑夜最长的一天，恰逢是我的 25 岁生日。不知不觉就已经 25 岁了！如果人生不过百载，匆匆便走过了四分之一！之前青春萌动的日子还历历在目，却已经告别了青葱岁月，不觉惘然若失。望着窗外和晨曦的阳光，收回了乱跳的思绪，带着任务出发前往阳西县牛岭村委会的大塘尾村。生活在于探索，生命不息，探索不止。如果人生中要细数最好的美景，我想，那一定是下一个即将看到的……

满怀期待。大塘尾村，这个村子有友人给我介绍的桃花花海。我想起唐伯虎的诗句：桃花坞里桃花庵，桃花庵下桃花仙，桃花仙人种桃树，又摘桃花换酒钱。在其尤为出名的《桃花庵歌》中，这首通俗易懂、名留千古的佳作把情与景完美相融，为初读懂文学浅意的我，描绘了一种绝美的闲情雅致，从读过这诗后便对桃花偏爱有加。之后又读过“桃花潭水深千尺，不及汪伦送我情”这类描写友情的诗句。桃花已经慢慢被具象化。桃花春色暖先开，明媚谁人不看来……而成长之后读过更多描写桃花的诗，对桃花而施以托物言志，更是变成了一种追求浪漫的情怀。体悟大俗大雅，雅俗共存的人生阅历，艺术源于生活又高于生活。我对即将游览的大塘尾村采风之旅也越发期待。

沿着蜿蜒的村道，我们缓缓而行，伸出车窗外的手，感受着风的阻力，像是抓住了什么，但又什么都没有抓住。车窗外两边景致不断倒退，金秋十月，水稻覆陇黄。但此时多数稻田已经被收割，一条条纵横交错的田埂，丰茂的树木，偶尔又见繁花异草，在阳光下斑驳迷离。读万卷书，不如行万里路。田园风光无限好，岁月静好，不过如此！

延绵的山，青翠的树林，再前行，忽见小桥流水，人家若隐若现，便知已经临近村落。进得村，村中老人展现着淳朴的笑容。我们从老人口中得知，来得不值时令，现在的花海已经没有桃花了。不免有些失望，但不到黄河心不死，谢绝了老人免得我们白走一遭的善意，继续驱车前行。刚及村口，便看见又一个美丽乡村工程在热火朝天的施工中。廉政广场之中，礼义仁智信等字样被铿锵有力地刻在巨大的鹅卵石之中，伴着绿植或是其他设施分布于广场四侧。中国传统文化的精髓在基层中潜移默化着村民素养，可谓别出心裁。顺着指示牌走着，便到了花海。不见落英缤纷，不见山花烂漫，有的只是些萧索的桃树枝丫，满布山头，散落四周。近看那桃树树枝倒是枝繁叶茂，值得庆幸的是虽不见念念不忘的桃花正主，但见漫山的狗尾草以及不知名的野花倒是把这山头点缀得有点意思。漫山遍野一点红，不觉为这份无心插柳的遇见增添了几丝复返自然的愉悦。我们沿着花农开垦的道路细观桃树，定睛一开，喜意油然而生，若是有胡须，我必定抚须大笑。立即唤来友人共同分享这点喜悦。看友人对我忽然大喜有些摸不着头脑，便主动指出亮点，原来桃树早已经萌发了新芽！有些甚至长出些花骨朵，更历经寒冬洗礼，餐风饮露，历经时间的打磨，待到明年春回大地，那么山花烂漫、落英缤纷岂不指日可待！这是一份对于新生的喜悦，亦是一份尊重生命的醒觉！友人听我娓娓道来，不禁点头称是。看到这一幕，便已心生不虚此行之感……

踱步细想，这漫山桃花不是和中国大地的美丽乡村建设相得益彰吗？是的！乡村建设项目如火如荼，中国还有很多很多像大尾塘这样的村子，在顺应时代的发展应运而成。这是一条崛起之路，正如那孕育新芽的桃树，在枝繁叶茂的“中国大树中”，无数含苞待放的花骨朵，急需绽放自身的光华。这是最好的时代！更多特色的美丽乡村如雨后春笋拔地而起，乡村振兴，唤醒乡村！

收住纷纷扬扬又如疾风骤雨的思绪，眺望远方山河大地，我心生感慨；展望家乡的巨变与未来，我目光如炬，熠熠生辉。我为我的家乡阳西而自豪，我为我的民族中华而骄傲！城乡的日新月异和家乡建设的硕果累累，我仿佛看到了一条蛰伏已久的巨龙在腾飞！而我与有荣焉身处这个时代，便已不负此行，不负此生。今天是平凡的一天，亦是不凡的一天。

新安村游记

敖特

织篢镇大泉村委会新安村，位于大泉村委会南部，北邻苏坑村，西靠大圆村，距离阳西县城 5 公里。新安村坐落在 S278 省道南侧，北通织篢镇，南至溪头镇，交通便利。当地属亚热带海洋性季风气候，夏天冬季多吹东北风，严寒酷暑是常态气候，阳光雨量充足，草木常青，全村户数为 42 户，主要以出海捕鱼，外出务工，以及农业种植作为其主要生活来源。

犹记得那是2018年的凛冬，我们一行四人收到指令早早来到阳西县大泉村委会进行安保任务。由于天气太冷，加上职责所在，只顾着把精神绷得紧紧的，以便随时应付突发情况。但是就是这个来也匆匆去也匆匆的一个行动，让我与新安村结下了不解之缘。时间如白驹过隙，2019年，在加入阳西作协不久就接到了美丽乡村的采风撰稿任务，新安村这个整洁而富有特色的村子始终在脑海萦绕，心念一起，便说走就走。

从县城出发，不多时便来到新安村村口。只见廉政广场屹立其间，对面便是大泉村委会办公大楼。经过一条村道，便能走进村子里。旁边紧挨着织篢镇廉洁文化公园。廉政广场有个巨大的廉政牌坊，习近平总书记的头像高大而亲切，下面附有“全面从严治党，向基层延伸”的字样，一种严肃的氛围让精神为之一振。再走向文化公园的入口，两排郁郁葱葱的树木笔直而立。复前行，两侧俱是茂密的竹林。这时风微微拂过，竹随风摆，簌簌而响，竹海听涛，怡然自得。该林叫“清风林”，取意：“两袖清风存正气，五湖皓月照丹心。”竹子在中国文化中向来有四君子之一的称号，正直不阿，坚韧不拔。竹子和灌木与廉政广场的主题相得益彰。由此可见这个园林广场的构建实为别具匠心。沿着竹林小路旁边便是一个名为“爱莲池”的荷塘，取义一语双关，又名“爱廉池”。荷塘四面包围着用大理石雕砌的围栏，最中部为“爱廉亭”。每每看到荷塘便想起了朱自清的《荷塘月色》，先贤文采飞扬，流淌着的风雅让人不禁心驰神往。因为已达冬季，荷塘并没有多少荷叶，零星地漂着些莲梗，给人一种坚强不屈的感觉。这时风停了，整个荷塘水面如同凝碧的镜子一般，光可鉴人。可能由于过多的藻类或者其他浮游生物，让这绿色的荷塘又透着一种深邃的清幽，如同翡翠般的绿。

一路前行，沿着长廊，公园两旁均是介绍村庄信息或者廉政精神、党建精神的文字，再伴有别致又富有艺术气息的绘画装饰设计，让这个公园增色不少。各种老少兼宜的户外运动设施又让这个公园增添了不少时代感。公园之中，植被丰茂，便是冬日也不见凋零暮色，其中又摆设有石碑、石书等物件。其上记载了东汉廉吏四知先生杨震、巾帼英雄冼夫人、中国近代民主主义革命开拓者孙中山等事迹。道路两侧还建造了海瑞、包拯、任长霞等名人的人物雕塑。引经据典不忘前人，洞悉时代不忘今朝。更历数了阳江地区的先进党员干部谢爱珠以及积劳成疾而病逝的公安局局长张东清等人的事迹……更多的好人模范以及事迹宣扬，让正能量引领乡村文明新风尚。

漫步期间，观长廊、赏莲池、望长亭，忆古今典范，励志明理，愉悦其中，倍受教益。新安村园林公园被誉为阳江市十大最美乡村公园，实至名归。景观共赏，皆是蕴含深意，情景交融使得景物不再粗浅流于表面，赋予的内涵不仅概括全局精神，又点明主题思想。

沿着大路又前行 100 米，迎面而来是一个崭新的村子。不见别的乡村的瓦窑土舍，也不见黄土泥坑，有的是条条明敞的水泥路，间间栋栋都是由瓷砖混凝土建造的房屋，错落有致。不禁喟叹，这大抵便是新时代、新农村的完美体现了吧！

若不是远处若隐若现的炊烟与农田，真仿若身处县城！惠农政策的落实，农村风貌一再改变，甚至可以用日新月异来形容。

移步换景，从村落出来恍如隔世。沿着 S278 省道再下一段路程，带路的村委会干部神神秘秘说，要带我去看村子里的特色美景。不多时，我们来到一个坝基上，这时候正是下午 4 点，不早也不晚，夕阳微微而撒，和煦而暖，风儿这时也和阳光不期而遇，变得暖意十足。极目远眺，群山环绕，从山脚到山顶，虽已至冬日，植被依然满带绿色，层林尽染，远近高低各不同。不知是光照效果，还是初冬寒风的渲染，植被微微又带了点黄晕，悦目极了！群山环绕的是一个不大的水库，水面波光粼粼，又有几只不知名的水鸟在尽情嬉戏。站在这个位置，从山到水再到田野，山光水色，尽收眼底，果然别具特色！此时便有一种不虚此行的满足感。

天色渐晚，采风也步入了尾声，太阳渐渐西沉，我们也踏上了归途。归程依然感慨万分，怕用粗浅的语言无法把眼前的景致跃然纸上，真是书到用时方恨少。带着美好祈愿，安得广厦千万间，大庇天下寒士俱欢颜；又愿身居都市出门便是绿野成丛……

新农村建设，是人与自然和谐发展的磨合，更是人文与社会经济的交融。曾经几千年的重农抑商，到今天的统筹发展，百花齐放，中国几千年的农耕文化早已经烙印在每一个中国人的基因血液之中。没有乡哪有城，没有农哪有粮。春秋不改，是农民用脊梁撑起了乡村，又是一个个乡村养育了淳朴的乡民。

振兴乡村，乡村福祉！

田园牧歌井坑村

敖特

酷夏已过，朔风左右着阳西这个滨海城市的昼夜温差。在这个乍凉还热的时候，街道上的树木已经有些凋零的痕迹了，略显光秃的树杈如长枪横列刺向天空。踏着沙沙的落叶，顶着簌簌的秋风，我轻装上阵，说走就走，心之所致，天涯咫尺。

阳西县大环村委会井坑村，一个平淡无奇朴素的村子，安安静静地坐落在阳西县城以北约两公里路程的空间轴中，和上吉村、冲口村，相邻相近，聚成村落，拱卫阳西县的著名景区——大垌山净业寺。村落与景区相互辉映，如绿叶映衬红花，动静相依。而我为何对这个简朴的村子情有独钟？因为这个村子养育了生我养我的母亲！饮水思源，落叶归根，正是这份难以磨灭的人文情怀使得它在我心中地位超然。

印象中，那个村子是年幼时候体弱多病的我第一次接触野外自然，那份惊喜至今不忘。村道两侧绿野成林，山花烂漫，姹紫嫣红为古朴的黄泥路增添了无数色彩。阡陌小路纵横交错，农舍幢幢，篱笆矮墙，屋舍相交，檐角相抵，鸡犬相闻，邻里相亲。苔痕上阶绿，草色入帘青……这些都是难得的一份恬静。

随着政府扶贫帮农政策的落实，一座座钢筋混凝土浇筑的建筑在这周围的村落纷纷拔地而起，那种类似于四合院建筑的黄泥砖农舍似乎也只能在记忆中回味了。幼时的追忆，眼前的景致，田野稻香，又听环绕在村庄的溪流潺潺，又见风吹麦浪，金黄四野，呼吸着清新的空气，心绪无比宁静，此情此景，久居都市的烦恼一扫而光，不免感慨，自然确实有治愈烦恼的魅力。

“莫笑农家腊酒浑，丰年留客足鸡豚。”农舍草篱伴着外婆和蔼的笑容，那是对乡村最深刻的印象画面。每次去外婆家，慈祥的外婆总是笑容满面，然后把最好的家禽肉类留给我们享用。小时候每次吃饭，外婆总是说自己不爱吃这些，让我们安心大快朵颐。我们吃得多了，外婆的笑容也就更为灿烂。随着年纪越大，才逐渐明白老人的良苦用心，总想着把最好的都留给自己的儿孙！

忆少时，在外婆家吃过农家饭后，我们一群小朋友就会兴高采烈地骑着自行车前往净业寺景区游玩，累得大汗淋漓也满载欢声笑语，那大抵是童年时最愉快的回忆了。成年后，每年一次过来似乎都是匆匆而来匆匆而去，但求心安，却未曾忽视眼前熟悉而在逐步变化的风景。景区的建设随着县城的发展而日新月异，初见两边青山郁郁葱葱，小桥横跨绿水，放生池中，各类水族一如既往不知烦恼为何物，锦鲤嬉戏，龟鳖畅游，悠然自得。复前行便见龙壁，栩栩如生守护净土。禅修净土，香炉巨鼎，香火不绝。又见天王殿金刚怒目，卧佛殿佛像安详，大雄宝殿庄严肃穆，罗汉殿各种形态不一，万佛塔耸天而立……各亭台水榭，楼阁经殿雕像万千，晨钟暮鼓中，蕴涵了人们对美好生活的平凡祝愿。再前行，蜿蜒曲折，九转十八弯遂爬上最高的望海亭，阳西风光、山水田园、山峰楼阁，尽收眼底。景区内各“险峰”处一座座亭台楼阁拔地而起，如众星拱月，守卫山门，要是在淫雨霏霏的季节来看，一定又是一番“南朝四百八十寺，多少楼台烟雨中”的景象，不禁让人心驰神往！

游过景区，天色渐晚，便有了归意，驱车而来，突然有了徒步归去的想法，便让友人取走车子。心血来潮，我要用脚步丈量一下这四周村落。游览的意义不是为了证明自己来过，而是要铭记自己来过。

曾经的农村因为道路闭塞，就业机会少，导致大量年轻劳动力前往城市务工，农村中大多只有留守儿童以及风烛残年的老人，许多村居农舍一片萧条。而随着美丽乡村建设、新农村建设，更多的村道被修通。路通即财通。更多的惠农政策落实。在政府的好政策带动下，更多朴素的劳动人民用自己的双手建设美好家园。农村贫困落后的败景一扫而光，更多的年轻人回归乡村了！朝气与活力迅速注入更多的乡居村落。休闲、自然的农家风光成为新时代的农村新名片……这一刻，因为亲情的羁绊感慨良多，思绪万千！

前行中，不知不觉已经暮色苍茫。季节临冬，昼短夜长。再回首，星星点点，寂静的村落被灯火所温暖。每个人心中都有一片山水，这是对田园牧歌的向往，是对山水田园生活的渴望。而我，初心不改，井坑村就是我心中的田园牧歌！

醉美在豪光村

卢显娟

金秋十月，秋风飒爽，迎着一路阳光，迎着一路金黄，我们走进美丽的乡村，走进一个有山有水有故事的地方——豪光村。

走进豪光村，第一感觉就是走进了一个古朴的村落。村里房屋错落有致，秋日的阳光洒落在小巷里，巷口偶见一两只猫在懒洋洋地晒着太阳，一切显得那样安静，那样祥和。

陪我们一路前行的是村党总支书记和村小学校长。村党总支书记告诉我们，此时，你们看到的村子是安静的，别以为它是一个小小的村落，人口稀少，其实豪光村在程村镇来说是一个大村，共有 9 个自然村：东青村、永先村、前胜村、霞月村、塘边村、西永村、边海村、戴屋村、长迳村，全村常住人口 2136 人。部分村民外出打工，大部分村民在村里养殖或出海打鱼。20 世纪 80 年代初，一部分村民在村中洋边海养殖生蚝。进入 21 世纪后，村民创新生蚝养殖模式，搭棚架吊养生蚝，不仅提高了养殖效率和蚝农的收入，更带动了其他村民的就业机会。现在，村民在养殖与种植上越干越有劲，日子过得越来越红火！村党总支书记一脸的喜悦。

走在村子里，看到一些村民在清理垃圾，我们惊讶于村民的自觉性和积极性。村党总支书记微笑着说："自从实行'乡村振兴'政策以来，村民的热情高涨，不仅对未来的生活充满憧憬，干劲更足，清洁意识也不断增强。各自然村通过村民会议后，立即组织相关人力物力清理村内房前屋后的垃圾杂物、卫生死角、清理沟渠池塘淤泥垃圾。我们村委会还通过各种方式治理村内垃圾、生活污水、禽畜污染。”村党总支书记顿了顿，接着说，“现在你们看到的是我们村的新景象，相信在党的正确领导下，不久将来，如果你们再来，一定会看到一个更祥和、更整洁、更有特色的美丽乡村！”村党总支书记越说越激动。

“对了，带你们去看看我们豪光村最有名的三座山吧！”豪光村小学的戴校长自豪地说。我们跟着戴校长的车，穿过清新的小路，穿过一片金黄的稻田，穿过秋天里纯净的阳光，一路驱车前行。田野是清新的，夹杂着泥土的清香；阳光是温暖的，夹杂着暖暖的海风；秋天是美丽的，夹杂十月里独有的稻香；我们是快乐的，迎着一路美丽的风光。

不一会儿，我们就来到了豪光村海边的养蚝基地。养蚝基地堆放着一根根竹排，戴校长告诉我们，那是用来搭建棚架养殖蚝的。我们还看到了海：湛蓝的海面上，跳跃着阳光精灵，闪闪发亮，像是铺了一地白花花的银子。一望无际的海面上，还漂浮着一排排竹筏。“对，那就是‘蚝排’，用来吊养蚝的一种固定在海上的架子。看，那一串串的鲜蚝，又大又肥的，正在快速长个呢！不久，又大又肥又鲜美的蚝就可以上市了！年末正是品蚝的好时光！”戴校长兴致勃勃地说。

“你们看，前面那座形似狮子的山岭就是狮子岭，这是我们豪光村的第一座有名的山岭。”顺着戴校长手指的方向，我看到了一座高大的山岭。远远望去，狮子岭真像一头巨大的绿色雄狮，头朝西尾向东地俯卧在阳西县程村镇西南角的海滨。它昂着巨头，张开大嘴，仿佛向着远方吼叫，十分生动传神。无论你站在远处向它眺望，还是攀上高高隆起的“狮鼻”仔细观察，它都是那样逼真，使你不得不惊叹于大自然的鬼斧神工。

“你们看，那陡峭的石壁便是狮牙；那满山的青草树木便是鬓毛；那向四面延伸的小支脉便是四肢。”戴校长顿了顿，接着说，“狮子岭最美丽的景色是在黄昏，最热闹的时刻也是黄昏。在落日余晖和东升皓月交相辉映之下，一些披着红光的机船徐徐向这里聚拢，满载而归的渔民们在这里‘把酒临风’‘渔歌互答’，那情那景，会让你们更加流连忘返。”戴校长得意地说。

“你们再看，对面就是远近闻名的龟岭了。”就在我们想象着日落西山狮子岭前美丽的画面时，海对面的那座葱郁的小山岭吸引了我们的目光。“因为那座小山岭形似乌龟，所以叫龟岭。龟岭面积约60亩，滩涂面积则有100亩左右，良好的生态环境为鱼虾蟹及各种鹭鸟提供了良好的繁衍生息场所。在2016年以前，这里的白鹭并不多，近两年白鹭的数量才开始增多，所以被我们村民称为‘白鹭湾’。”

此时，几只洁白的白鹭正掠过海面。泛着银光的海面、自由欢乐的白鹭、蔚蓝的天空，让此情此景如此迷人。

“那就是白鹭吧？”

“嗯。其实，你们现在来得不是时候。白鹭一般白天外出觅食，傍晚才归巢。如果你们在傍晚过来，就会看到成群的白鹭归巢的壮观美景。在这里，山、海、鸟形成一道独特靓丽的风景线，你会沉迷其中。”

"为什么会有这么多白鹭在龟岭栖息呢？"带着疑惑不解，我问。

"因为这里有着得天独厚的天然红树林和湿地滩涂等自然资源，所以这里的环境更趋于原生态化，更适宜白鹭的栖息。"

"白鹭真幸福！有如此安谧美好的环境！"我心生羡慕。

"你们不知道，在去年 8 月底发生过一起捕猎者偷偷登岛偷猎白鹭事件。为了守护好这群'白色精灵'，村民们自发组建了一个护鸟志愿队，建立护鸟公约，每天轮流巡岛，打击登岛捕猎行为。现在，村子的渔民们朝出海晚归来，跟这些鸟相处得很好，白鹭一来到这里，我们就要好好保护它，我们就不准他们（偷猎者）来，因为白鹭属于国家保护动物！"

此时，戴校长的脸上洋溢着一脸神气与自豪。

正如豪光村民柯康民所诗：

龟岭颂

仙龟奇特卧狮西，
红树铺天拥四围；
尾傍银滩蚝业旺，
身偎碧水蟹苗齐；
鱼群到访渔家乐，
虾味飘香众客迷；
尚有张江悲壮史，
英魂长与鹤同栖。
……

下午时分，阳光温煦，暖暖地洒落在海面，洒落在我的心田间。一阵海风轻轻拂过，让我情不自禁地闭上了眼睛，心顷刻间变得柔软而温暖。往日的疲累，城市里的喧嚣，生活里的烦恼，此刻随着这温柔的海风、这古老的故事而渐渐地飘远……我仿佛看到了傍晚时分，霞光给豪光村的蚝海湿地染上了一层金黄，一群群白鹭飞过湛蓝的海面，盘旋着、欢叫着、歌唱着……成千上万的白鹭仿如青山白雪，在金黄的晚霞中，在蔚蓝的海面上，在翠绿的龟岭间，勾勒出一幅美丽、和谐的蚝乡生态画卷。

这美丽的画卷，这温柔的海风，这神奇的大自然，这古老的故事，书写了秋日里豪光村的诗和远方……

此刻，我醉了。

阳西美丽乡村——塘仔山村

王俭优

就像中国广袤大地上的很多乡村一样，单从名字就可以窥见一个村落的特点。塘仔山村，就是属于这种类型的乡村：村口有小水塘，村后有山，谓之塘仔山。

塘仔山村是阳西县上洋镇菩提村委会下辖的一个自然村，坐落在村委会东北方向约两公里处。这个村名到底从哪个朝代，由哪一辈的祖先所起？已无从考究。我开始有记忆时，就是这个名字，这个样子。村子坐北向南，村口左边长着一簇迎客的香蕉树，右边是一棵枝叶繁茂的苦楝树。村子东边一口老井，几棵老态龙钟的龙眼。西边地势高的地方，是晒谷场。从村口开始，地势逐渐走高，村后一片山林环绕着村子，如同母亲的双臂，环抱着襁褓中的婴儿。村前一个水塘，塘基的另一边就是稻田了。走过村口弯弯曲曲的田埂，一条小河从村前缓缓淌过。村子连接外面的世界，依靠前后两条村道。村口的小道，其实就是弯弯曲曲的田埂，经过的多是行人，肩挑手提的过客，偶尔也有挑重担的脚夫喘着粗气路过。村后的路口出去，连接着一条车马道。就是这样一个普通的村子，鼎盛时期也不会超过 200 人的小村，承载了我儿时的全部记忆。我扎根于这里，并在这里成长，每当我回首过去的时光，那些逝去的人和事，立刻在脑海里鲜活一次。

水塘

村里的水塘不大，对孩童时代的我们，却充满了诱惑力。春夏之交，水塘的水满了。经过一个冬天的蛰伏，水塘仿佛从沉睡中醒来。蛙声一片，塘基边木麻黄树上的蝉，也时不时来一番鼓噪凑凑热闹。雌蛙在水里产卵，很快水塘里就游满了黑色的小蝌蚪，我们欢欣雀跃地回家拿了簸箕到水里捞蝌蚪，用玻璃瓶装着，但是，天真的我们不知道，小蝌蚪经不起这样的折腾，很快就死掉了。生产队还在水塘里养鱼，鱼苗从外面购买的。我们好奇地跟在那个“鱼花佬”后面，看着他用自行车驮着两个不漏水的大箩筐，“鱼花佬”一边把筐里的鱼苗舀到塘里，一边念念有词“一个鱼蟹哥呀，两个鱼蟹哥呀……”秋天的时候，生产队开始捕鱼、分鱼，现在回想起来，那时一个普普通通的塘鱼，都成了记忆中无与伦比的美味。

冬天的时候，水塘干涸了。等塘底的淤泥被太阳晒成龟壳状，就成了我们的另一个乐园。大家用泥块垒起“炉灶”，上面放张破瓦片，弄些枯枝树叶点燃，玩起“过家家”煮饭的游戏。有时到田里挖些番薯“焗薯窑”，有时到地里折根甘蔗，把甘蔗汁弄出来用碗煮沸，做成黄灿灿的糖胶。在没有电视、电玩、网络等一切现代化物质的那个年代，即使环境贫瘠，一丁点儿的乐趣，也会被无限地扩大，浸润无忧的童年。

小河

相信很多人小时候都曾经受过大人的愚弄：用蜻蜓咬过肚脐后，就会游泳。童心的无邪，加上对游泳本领的渴望，作为小孩子的我们，自然是对大人的话深信不疑。有小伙伴小心翼翼地捉来一只蜻蜓，放肚脐眼上，被它连续咬几下感觉到痛楚，确信无疑后，便奋不顾身地跳下小河，等大家发觉不对劲，七手

八脚地把他拉上来时，他已经喝了半肚子河水。

有小河流过的村庄，就会增添很多生气。早上，村妇聚到河边，一边家长里短地寒暄，一边捶着换出来的脏衣服。很快，河边的灌木丛就成了天然的晾衣场，花花绿绿的衣服就势铺在灌木上，形成了一道散发乡野气息的风景。夏天的小河，是小孩子消暑的理想去处。在清凉的河水里扑腾、打水仗，潜到河底摸鱼摸虾……直到日落西山，还舍不得上岸回家。这时，家里的大人就拿着棍棒寻到河边，远远地，便传来怒骂的方言……

冬天来临，不敢再下水了。但是还有一个惬意的节目，就是烧河边的“树冧仔”。将小河沿岸的灌木丛、枯草、杂树等，点燃后冒着火光和浓烟，一些树脂丰富的杂树烧起来“吱喳”作响，很好玩。一村的小伙伴跟着烟火转悠，火光映红了一张张的笑脸，心中的快乐也随着烟雾不断升腾。

有时在家里和妻子说起这些童年趣事，妻子好奇地听我说着，然后很期待地要我找个时间带她回老家烧“树冧仔”，我随口答应了，但是，由于种种原因，至今也没有达成她的愿望。

屋背山

村子北面有一片山林，在所有房屋的背面。屋背山的名称由此而来。屋背山的作用主要是抵御冬天凛冽的寒风。毫无疑问，这片山林也是小孩子的乐园。但是，到屋背山玩耍，要分季节性。春夏时节，山里蛇虫鼠蚁较多，不适宜到山林里去。冬天来临，这里才是一个理想场所。没有什么顾忌，地上全是枯枝败叶，躺在上面软绵绵的。抓把枯叶树枝点燃，立刻引来村里的小伙伴，围坐着烤火。有些人偷几个番薯烤熟，香气四溢，然后在山林里玩“躲猫猫”的游戏。有次我们几个暗中说好，轮到我们躲起来时，就偷偷溜回家吃午饭了，让那个负责找的人在林子里找了半天，也找不到一个人影。

变迁

直至现在，还记得小时候的每个清晨，都充满着孤独感。家里的大人天未亮就下地干活了。公社化时期，村里实行生产队劳作制，天蒙蒙亮时，听见队长在村里拖着尾音喊——“做工咯”。然后逐渐听见窗外有人走过的声音，有耕牛蹄子敲击石板路的声音，有村妇到水井旁挑水、洗菜的声音，有鸡鸣狗吠的声音……我就这样一个人静静地躺在床上，聆听着山野乡村，天籁与生活交织的各种声音。

1978 年，中国共产党十一届三中全会召开。我们好奇地发现，整个村子的大人都在激烈地争吵着什么，原来是实行家庭联产承包责任制，村里分田、分地、分牛羊等各种东西到户，整个村子呈现出一种新的气象。确实，党的政策变化，给农村带来了巨大的变化，人们的干劲儿上来了，工作积极性、工作效率得到了很大的提高，各方面都在悄悄地改变。

20 世纪 80 年代，由于珠三角城市的发展，村里的青壮年大多到深圳、珠海等城市从事建筑行业的务工，接触了外面的世界。这部分人仅仅是在外面打打工，始终都没有离开扎根的农村。

20 世纪 90 年代后期至 21 世纪初，由于城市化进程的发展，外面谋生就业的机会多了，村里一些人到外面购房置业，逐渐剩下一些没有能力和机会出去的人，在固守着这一方水土，重复演绎着世代流传下来的生活故事。村子的巷道杂草丛生，渐显荒芜，一些老屋外墙斑驳、脱落。再后来，从村子出去的人偶尔开着小车回到村里，有些人已经不认识了。村子好像被岁月冷落了，它沉寂着，默默地经受着大自然的风风雨雨。

新生

近年来，在美丽乡村建设、在全面推进乡村振兴战略中，古老颓废的山村一下子充满了活力和生机。一阵大刀阔斧的清理整治后，那些弃置很久破败不堪的房屋被推平了，晒谷场边那座危颤颤的泥砖厕所被推平了，村里的猪舍、牛栏、草棚、淤沟都得到了清理……一座沉寂已久的村庄重新呈现出热火朝天的场面。塘仔山村，如一个不修边幅的老妪，经过一番精心的拾掇后，忽然现出少女般的容颜。看，原先不平的村道被新建的水泥道代替了，地下埋了污水管道，地面巷道全部水泥硬底化，整个村子被新的水泥村道环绕，村内道路宽阔畅通，纵横交错，路边蓝白相间的太阳能灯柱高高耸立，西边的晒谷场正蜕变为老人娱乐活动中心，而老屋被清理后，村民重新选址建起一幢幢洋楼……一座村庄，经过清理整治重建后，糅合了城镇与乡村的美，不同的元素交织着，给人一种焕然一新的感觉。

一个秋高气爽的星期天，我带着家人回到了老家的山村。看见变化中的村子，我心中感慨万千，这个质朴古老的山村，它静静地守望着岁月，无论外面历经多少沧桑巨变，依然以自己独有的姿态，扎根于这一方水土，积淀属于这里的所有过往，以及那些曾经在这里演绎过的悲喜故事……

保护开发

BAO HU KAI FA

瓦屋仔，你不知道的秘密

何婉苑

瓦屋仔的秘密，绝不是你一眼就能看透就能读懂的！你必须走进来，踏上这方神奇的土地，打开村庄的密码，启动瓦屋的钥匙，才能听懂那些瓦片与石头的言语，才能倾听那里祖祖辈辈的故事，才能探索那埋藏在竹林掩映下、水草丛中古老的秘密……

静谧中一幅别在大地上的山水田园画

十月的黄昏，下乡塘口镇下垌村委会，途经瓦屋仔，途经一片静谧，途经一片乡愁……

远远的，在一片金黄的稻田尽头，在三面环山的翠色拥抱中，青砖灰瓦、整齐划一的瓦屋仔静静地伫立在冬日黄昏的余晖中，美如一幅别在大地上的山水田园画。

宽大的硬底化进村大道，干净得连一片落叶都没有。

没有炊烟，没有鸡鸣，没有狗叫。静！才发现，所有的房子大门紧锁。

我惊异于房子的整齐，横巷竖巷整齐划一的布局。首排房子共有6座，后面竖排紧跟着五六座同样的房子，统一的一座两廊结构，统一的青砖灰瓦，统一高度的石脚，统一的窗子。房子之间有两米左右的巷道。巷道是硬底化的，但杂草依然破石而生。

相对于房子的整齐，我更惊异于房子统一的色泽。一眼看去，每一间房子的新旧程度都是一样的，完全看不出差别，这在我所见过的村子是绝无仅有的。尽管房子看上去已有了一定的岁月，但感觉依然很新很坚固，再住上二三十年也没有问题。

此时已是暮色苍茫。迫不及待要环村一圈，车子却在半途停了下来，环村大路并没有全通。下得车来，才发现眼前是一片树林，落叶与杂草快把路面全覆盖了。而目之所及的几座房子被一大片芦苇遮挡了。芦苇那么高，那么茂盛，直长到屋顶上去了！夕阳余晖下，晚风中的芦苇摇曳生姿，美得有点忧伤。

看来这个村子已经很久没有人住了！打量着这些房子，我不禁困惑：放着这么好的房子不住，他们都到哪儿去了呢？

我无法解开村庄的密码，却多了一份别样的乡愁。

乡愁中村庄里祖祖辈辈的故事

两个月后，第二次走进瓦屋仔。这一次，有了开启村庄的钥匙——从这个村子走出去的广东灌浆岛科技集团董事长邓敬森先生，还有该村的村主任以及另外几位长辈，一一为我们揭开村子的“秘密”。

原来，瓦屋仔邓氏的祖辈为福建人，老祖宗邓志斋官至布政司。元末明初，为避兵乱，邓志斋挈妇将雏迁居广东梅州。明朝洪武年间，其中一脉从梅州辗转龙川县最终迁至阳江塘口热水乌坭坑村开基繁衍。后来，由于人丁兴旺田地少，邓氏的祖辈便到瓦屋仔一带开荒耕种。一年又一年，开荒的田地越来越多，邓氏的祖辈认为瓦屋仔一带风水好，可以再建村。嘉庆年间，邓氏祖辈的兄弟也就是瓦屋仔村的邓氏太公邓国开带着他的三个儿子从热水村分出，在瓦屋仔另立新村。最初，太公邓国开建了一间大屋。为防盗贼、土匪，大屋由十多座房子拼接而成，房房相通，而通道是“迷宫”式的，陌生人进村没转几圈就迷路了。大屋的主体为石头和青砖，屋顶是盖瓦的，周边还有壕沟和碉堡。

那时候，绝大部分人住的还是茅屋，因此，周边村民便将这座特别的“瓦屋仔”呼作村名，一直沿用至今。

直至 20 世纪 70 年代，邓氏的祖辈在瓦屋仔一住便已是 150 多年！

遗憾的是，这座住了七八代人的大屋，我们只能想象一下了。

那整齐划一房子的故事

瓦屋仔村外表最特别的地方就是所有的房子都是同样的新旧。

邓敬森说，那是因为所有的房子都是同一时期建的，建于 1974—1975 年间。房子的建成，完全是因为父辈有勇有谋有担当，灵活搞互助。

话说到了 20 世纪 70 年代，邓氏的子孙越来越多，大屋完全住不下了。邓氏的子孙“父业子能承”，筹划着族中每家至少建一座房子的大业。

那时候的农村，有劳动能力的都在生产队挣工分，单家独户要建造房子可不是易事，一是没有砖瓦、没有木材，二是人力不足、时间不允许。其时，邓敬森的父亲邓修权为下垌大队大队长，伯父邓修德为本村村主任，这两个领头羊却是有智慧有担当，兄弟俩同心协力，想到一个大胆的“双赢”办法：把农业生产与建房子统筹安排——在完成农业耕作任务时，先是安排在空闲时间，由生产队统一烧砖烧瓦，再就是家家户户正式建屋时，由生产队统一派人协助施工，以记工分的方式出工，收工后回自家吃饭，不给屋主添负担。“统一思想，统一拆迁，统一规划，统一施工”是这次整村拆建的十六字法宝。短短的两年时间，便建起了 30 多座一模一样的青砖灰瓦房子。所有的房子设计朝向一致、间距一致，后排的比前排的稍高，一眼看去，整齐划一，非常气派。

那时候的农村，很多人的房子还是全泥砖的，像这样整个村是青砖的，绝无仅有。一时间，让远近邻村羡慕不已。而在为全村建房子的同时，因为充分调动了全村人的积极性，人人不遗余力，该村在农业生产方面不但没有落后，还连年增产增收，为此获得了“阳江县文明村”的荣誉。一时之间，瓦屋仔村成了整个阳江县（现为阳江市）社会主义新农村建设的典范，一批又一批人前来参观学习……

那埋藏在竹林掩映下古老的秘密

沿着硬底化的村道，绕着村子行走，村子最后面的两座瓦面已经破落的房子竟是复式结构两层的！村主任自豪地说，这两座房子在那个年代是很出名的，阳江刚成立电视台时就专门来报道过。

两层的瓦房子！驻足凝望，不得不佩服邓氏祖辈的智慧。

在村的后面，看到了一条第一次来时没有看到的新泥路，原先被杂草覆盖的环村大路也全通了，那些穿过瓦面长到了屋顶的芦苇也全部清理了。村主任说，这段新路是结合今年新农村建设刚修建的，从这里走出去 1.5 公里就是塘口热水温泉……

新水泥路通向的是一条河。河道不大，设有拦河陂，但水却是满的。以拦河陂为界，河上河下十多米后都是密密实实的竹林、木林。

村主任说，他们村的蔡伦造纸技术很早就有了，只是这十几年来，河里的水越来越少了，加上造纸手工业经济效益差没能继续发展，荒废了。他家原来就是造纸的，他年轻时经常用自行车运草纸到电白、沙扒那边卖。

怪不得这里这么多竹子，水源还这么丰富！

想看看那些造纸工场。村主任说，都在竹林里，被竹木包围被竹叶树叶覆盖了。正失望之余，邓敬森指着河上游岸边的一棵大榕树说："那棵大树下藏着一个'袖珍都江堰'，其原理和著名的世界文化遗产四川成都都江堰是一样的！智慧的先祖垒了一个石坝，形成一个分水的鱼嘴。平时不发洪水时，这条流淌着山泉水的小河供全村人生活使用和村前土地的灌溉；发洪水时，多余的水就会溢出石坝排到更低的沙田河里流走。可别小看这个设计，正因为有了这个小工程，无论下多大的雨，乃至山洪暴发，河水都能定量流入村子，也因此，这个村永远不会被水浸，而且一年四季都特别干爽。"

迫不及待要去一睹"袖珍都江堰"的神秘面目。沿着新开发的村道往回走二三十米，便看到了一个硬底化小水渠。小水渠的水依然很清澈，只是落了不少的竹叶树叶。邓敬森说，这水渠是从上面的"袖珍都江堰"引来的，从前是一条很有诗意的小山溪，水清沙白，有小鱼有蚬仔，小时候经常在这里捉鱼摸蚬。

为了看"袖珍都江堰"，大家沿着许久没有人行走的山道进山了。一路上，邓敬森不时为我们介绍一些树木的名称。山路旁有几丛像韭菜一样的植物，据说这是一种可入药的兰花，其他地方少有。

可惜，密密实实的竹林深处和水草丛中，我们只闻流水淙淙，甚至鸟鸣啾啾，却没法看到"袖珍都江堰"的真面目。

在村的后面，是一片肥沃的稻田。我们沿着山脚往前走，经过一块大石头。村主任说，这是雷打石，20 世纪 70 年代发生的事，雷电的力量把一大块石头劈成了两半，还有一半在山腰上。

我听得很惊讶，努力想看看劈口，可大石经过几十年风吹雨打，曾经的"重伤"早已了无痕迹。

越过田野，就是那条在新农村建设中跨越 3 个村委会却创造了"零赔偿零反对"的美丽乡村绿道。我们沿着绿道走了近 20 分钟便是瓦屋仔的进村道，沿途不仅有出产美味的梭萝丹竹笋的竹林和其他的珍贵植物，更有美丽的风景：远处青山如黛，秀美异常，近处却是一大片平坦的农田，视野辽阔。而越过田野看向远方，竟可以直接看到巍峨的粤西第二高峰——鹅凰嶂！让你感觉这里真的是风景如画，风光旖旎。而我们的脚下，还有一条清澈的小溪静静穿过村前的田野向远方流去……正好奇于这条小溪是不是从山后面的“袖珍都江堰”流出来的，邓敬森微微一笑说，这是另一条溪流，村东南是两条小河的交汇点，这在风水学上叫“两水夹金”……

那走出去的子孙们的故事

俗语说：有好风水的地方，定能出人才。

听过瓦屋仔祖辈的故事，看过瓦屋仔村的“风水”，此刻，我更想知道瓦屋仔村走出去的子孙们的故事。

真可谓不问不知道，一问吓一跳。原来从瓦屋仔村走出的子孙后辈中，不但有做生意的，有当官的，更是出了一位国家级化灌专家、原位处理大王！他的团队居然是工程界的“特种部队”，能让岌岌可危的大桥“起死回生”、能使烂泥变磐石、能化腐朽为神奇！抢救过全国各地很多惊心动魄的大工程，获得过数十次全国全省第一，获得过多项国家专利……他，就是眼前这位陪了我们半天的广东灌浆岛科技集团董事长邓敬森先生！

出生于瓦屋仔村、有着祖先优秀基因的邓敬森，在求学阶段，就喜欢钻研，热爱探索，敢于拼搏。1989年，邓敬森毕业后被分配到中国科学院广州化学研究所，接着又被派到所里的灌浆公司工作。化学灌浆是非常“冷门”的学科、非常“冷门”的技术、非常“冷门”的职业，但邓敬森却如鱼得水。很快，他便在这个极为冷门的行业中表现出了从勤奋到“天赋异禀”，从业务能手到技术专家再到管理精英，工作仅4年，邓敬森便当上了中国科学院属下的化学灌浆公司常务副总经理，时年仅26岁！

而有着大抱负的他并不满足眼前的职级，他想要达到的是这个行业的高峰，是这项冷门技术的神奇与极致！他要在这个冷门的行业里缔造神话！

1998年，面对汹涌澎湃的市场经济浪潮以及怀着成就一番事业的远大抱负，邓敬森毅然放弃中科院的优厚待遇，下海创办桂林科达化学灌浆有限责任公司。同年，桂林科达化学灌浆有限责任公司利用化学灌浆技术挽救濒临倒塌厄运的隆安大桥，从而名噪一时，事业迅猛发展。2001年，邓敬森在阳江市创办广东灌浆岛公司，次年并购广州爱克思环保技术材料研究所。在此基础上逐渐形成集生产、科研、施工、销售、培训于一体的现代化、产业化的综合性大型企业，设在全国各地的分公司达数十家。广东灌浆岛公司也一跃成为全国化学灌浆行业的龙头企业。广东灌浆岛公司在化灌领域纵横驰骋，南征北战，创下了中国化学灌浆界的“16个第一”，其中“采用‘DCG 工法’路面调平”全国第一，“沉陷（位移）的大型桥台抬升复位”全国第一，“‘DCG 工法’整体抬升下沉的框架桥”全国第一，“树根桩 + 化灌加固边坡”全国第一，“路面错台修复”全国第一，“病害砼路面原位综合治理 + 化灌加固边坡”全国第一等等；主持参与公路、铁路、城建、矿山、水利、核电、地铁等各种灌浆工程 2000 余项！其中，“加固地基和抬升、调平沉陷铺面的化学灌浆方法”可解决建筑行业的部分地基软弱、涌水突泥等难题，甚至达到“起死回生”的神奇效果，用在高速公路病害整治上更是效果显著，可以加固软弱路基、精准调平严重凹陷的路面。该工法一经问世就受到中国科学界的重视，化学灌浆和工程界的专家学者会同科技厅为此组织专门的论证会，进行严格的科学鉴定，一致认定该工法是化学灌浆领域中的一项重大发明，是化学灌浆技术的精华、处于全国领先地位，并且决定以邓敬森的姓氏来命名，叫“邓氏化灌方法”，即“DCG 工法”。“DCG 工法”在整个化学灌浆史上具有里程碑的意义，2004 年获“香港国际高新技术博览会金奖”，被科技部、专利总局认定为“国家重点推广专利技术”及《2005 年全国科技成果、专利技术国际交流选项推荐项目》，其无形资产评估值高达 2.5 亿元人民币。

邓敬森的事业不断发展壮大，广东灌浆岛公司在原有的基础上已发展成集化灌产业、生态产业、电子信息产业、房地产于一体的灌浆岛系企业集群。旗下企业包括广东灌浆岛、桂林科达化学灌浆有限责任公司、阳江市科达化灌公司、桂林漓江科技公司、广州五防公司、广州爱克思环保技术材料研究所、阳西金谷实业公司、广州灌浆岛生物科技公司。

邓敬森对多年来的化灌研究成果，还善于总结成文，发表了《化学灌浆产业化发展道路初探——“群岛战略”构思》《“五合一”原位治理技术在水泥混凝土高速公路养护中的实践》等论文十多篇，编著了《原位化学灌浆加固概论》《原位化学灌浆加固材料》等四部著作。由于在学术上的突出贡献，邓敬森被《西部探矿工程》《中南公路工程》《广东科技》等知名刊物聘为特约副主编。而源于自幼对文学的热爱及自身的造诣，2008年，邓敬森被推举为阳江市中华诗词学会名誉会长，2014年又被阳江市作家协会聘为副主席。

多年来的努力及成果，邓敬森已成为中国化灌界的旗帜性人物，被推举为中国化学灌浆论坛秘书长、中国水利学会化学灌浆分会副主任委员，连续被业内推举为第一、二届“中国化学灌浆论坛”的执行主席。广东灌浆岛公司也于2005年、2009年连续承办了第一、二届“中国化学灌浆论坛”，并将中国化灌论坛标志物和中国化灌陈列馆设在广东灌浆岛公司内。

祝福与期许

又到了鸦雀归巢的傍晚时分。绚丽的晚霞中，静静的瓦屋仔，古朴、唯美！此时，我心中涌起的已是与此前完全不一样的“乡愁”……

乡村振兴的号角嘹亮吹响，新农村建设、美丽乡村建设如火如荼。对于人杰地灵的瓦屋仔村的将来，邓敬森说，瓦屋仔有很好的资源条件，很适合打造民宿，村后的“袖珍都江堰”、造纸工场都是亮点，可以恢复。同时，可以打造为一些文化协会的创作基地，赋予瓦屋仔更多的文化元素。因自己常年在外，无暇兼顾，希望有识之士有缘之人来帮忙完成这个心愿，他会全力配合，甚至在资金上给予支持，有空时常回来看看。

瓦屋仔的未来，我们祝福着！更期许着！

迷人啊，这方水土

谢克柱

一方水土养一方人，这方水土就是我们的家乡——新墟。一个钟灵毓秀、民风淳朴、人文荟萃、物阜民丰之地。

这里山川壮美，田园风光令人陶醉。陂底水库，碧波荡漾；东水山，奇石飞瀑，幽静深远；望夫岭，鬼斧神工，雄奇险峻。春来花开树艳，满目锦绣；夏日泛舟湖上，其乐无穷；金秋稻黄果熟，一片丰盈；冬天享受阳光，十分惬意。这里是水果之乡、茶叶之乡。

如今，这方水土正在发生着翻天覆地的变化。新型建材和精细化工产业园选址落户这里，并已生产运作成为阳西新的经济增长点；沈海高速、广茂高铁、228国道穿境而过，这里已融入了珠三角的经济发展圈。而借着建设美丽新农村的东风，新墟镇重点打造广东最美森林小镇的东水山森林公园项目，已成为新墟镇大力发展乡村“产业兴旺、生态宜居、旅游胜地”的一张金光闪闪的名片，吸引众多游客前来打卡。因此，我们没有理由不赞美这方水土，我们没有理由不崇拜这方水土，我们没有理由不热爱这方水土。

美景迷人

在这方水土当中，美景首数鹅凰嶂峰。这是一处风光旖旎、山清水秀的旅游避暑胜地。地处阳西县、阳春市、电白县（现为电白区）三县交界处，海拔1337米，是广东第二高峰，素有“阳江屋脊”之称。鹅凰嶂峰莽莽苍苍，巍峨挺拔，其石极黑，其水极清，山上常年云雾缭绕，漫步其中犹如云雾中穿梭，如入仙境。登上此峰，可俯瞰南海，极目南天，处处青山绿水、空气清新、鸟语花香、秀丽风光，得天独厚。其中“鹅凰远眺”“白水瀑布”曾列入阳江八景之一。

白水瀑布是鹅凰嶂内最壮观的水景，犹如一条白练从天而垂，曲折蜿蜒。从上往下数，刚好十三叠，一叠一个样，一叠一层水花、一层白雾，白雾变成小雨，同水花一齐飞落，散满整个水坑。此时的瀑布像一棵灿烂的玉树，水柱如树干，十三层水花恰似银花，阳光与银花相映，一片晶莹。其山脚下，有著名的里坪风光，那情意绵绵的流水，醉人的山歌小调，古老的水车，犹如世外桃源。

传说迷人

与鹅凰嶂峰毗邻有一座望夫山，山上有一座极像一位少妇头望南海状的大石像，叫“望夫石”。民间流传一首歌谣：“石作佳人在山岗，又无枕席又无床，千秋未见亲夫面，万年不换旧衣裳。”唐代诗人王建路经此地看后，为“望夫石”作诗：“望夫石，浪悠悠，化为石，不低头，山头日日风复雨，行人归来不应语。”

望夫石曾留有一段美丽的传说：古代，有一对居住在山下的恩爱夫妻，务农为主，膝下无男，只有一女。因战乱，丈夫被征守疆，妻子盼郎早回，每天早晚两次带女儿上山向南遥望，等待，年复一年，仍无音讯。后来，盼夫心切，与女儿上山向南遥望，期盼，茶饭不进。一夜，忽电闪雷鸣，暴风骤雨，母女俩变作大小两座岩石，屹立山上。望夫石的优美传说吸引着很多游人，古今的文人墨客，登临望夫山，亦留有墨迹，明朝电白县（现为电白区）尹刘元隆曾赋诗赞颂：

堂堂挺出一天贞，左右无亲石作邻。
云鬓懒梳千岁髻，月眉常锁四时春。
雾为腻粉凭风抹，霞作胭脂向日匀。
莫道面前无宝镜，一轮明月照夫人。

何代征夫去不还？相思变化在青山。
万年遗像应无赛，千古离情尚未阑。
云锦漫铺螺髻上，月梳斜插翠眉间。
久传岩畔多珍异，几欲登临恨路难。

还有关于望夫山另外的一个优美动人的传说是：在很久以前，有一对恩爱的夫妻，男的出海打鱼，女的在家织布，日子过得平安和睦。但有一次，男的出海捕鱼，遇上台风，一去不返了。那女的天天到海边的高山上望丈夫归来，一天天，一年年地等待，心爱的丈夫终于还是没有回来，而这个痴情的妻子却变成了一块石头。人们便称这块石头为望夫石，这座山便叫望夫山，山下的地方就叫望夫镇。

物产迷人

这方土地广袤肥沃，光照及水资源丰富。自然资源得天独厚，时令鲜果四季不断，新墟素有水果之乡、茶叶之乡之美誉，盛产水稻、荔枝、龙眼、香蕉、火龙果、花生、萝卜、辣椒、竹笋、茶叶等产品。

田安荔枝：田安村位于新墟镇的南部，属于丘陵地带，适宜种植岭南佳果——荔枝。20 世纪 80 年代初，勤劳的田安人民由陂底水库来到政府安置地后，抓住发展经济的机遇，在荒芜的小山坡上种满了各个品种的荔枝树。

田安村的荔枝品种有：妃子笑、白蜡、黑叶、糯米糍、桂味等。这里的荔枝壳薄、肉厚、核小、汁甜、爽口，尤其是桂味，更是这里的荔枝之王，它肉质爽脆、清甜可口、具有桂花之香味而闻名。每年还没成熟就被果商订购一空，价格也达到三十几元一斤。

荔枝是常绿树，每年的二三月开花，五月下旬开始陆续成熟。每逢荔枝树开花之时，漫山遍野乳白色的花与绿叶相衬，再加上花丛中蜂飞蝶舞，景色美如画；每逢荔枝成熟之时，漫山遍野都成了红艳艳的火海，就像果农那一张张充满幸福的笑脸。

东水草纸：在东水村，这里的村民至今仍沿袭着古法造纸技术，300 多年代代相传。

东水山古法造纸的原材料，来源于东水山满山遍野的翠竹，还有东水山长年川流不息的泉涌山溪。据当地村民介绍，东水造纸从原料水竹到成品纸，要经过切竹、淹竹、捣刷、制浆、捞纸、切纸边或纸墙、晒干、打包等多道工序。古法造纸的整个过程：先从竹林中砍竹子回来截成段，放在石灰池腌制 3 到 4 个月的时间；泡软之后再打捞出来暴晒、清洗，然后放入水碓反复捣砸碾碎，使竹纤维被切断和压烂；再把粉碎的竹子放进水池内搅拌均匀产生成造纸的纸浆，再用竹丝编成的帘子置于纸浆池中，然后把帘子“抄”起来滤掉水后，便出现一层薄薄的纸浆膜；再用重物压榨去纸浆膜中的水，将已经做好的纸放在木屋横梁上一张张晾干。

东水古法造纸是东水村民一项传统又古老的手工产业，这里造出来的纸品呈黄色，民间多称“草纸”或“纸煤”，纸质较粗糙，易燃烧。

东水竹笋：东水竹多，自然笋也多。每年春雨过后，竹笋就争先恐后地破土而出，那正是抽笋的旺季。东水竹笋以肉厚、脆嫩、肥大、味鲜美而著称，是一种不可多得的佳肴。不管煎炒、做汤都十分甜美，是东水人待客的主菜，因而有“无笋不成肴”的说法。

东水人吃笋的传统方法有 3 种：一是鲜吃，把刚采下的竹笋，“单”一“单”水（滚水浸泡）去掉涩味，再拌其他佐料。其味道鲜甜、清香。另一种吃法是酸腌或咸腌，经过腌后的竹笋带有酸味和咸味，酸甜可口，风味独特。还有一种方法，就是把竹笋去壳晒干，用时再加热水泡软拌菜。这些干笋有易于保存、远销的优点。

竹笋干，顾名思义就是把新鲜竹笋晒干脱水而制成的一种竹笋食品。采用鲜春笋为原料，通过去壳切根修整、高温蒸煮、清水浸漂、压榨成型处理、烘干、整形包装等多道工序精制而成。

东水山茶：东水山的海拔高度、气候和土壤条件，十分适合种植优质茶树。东水生态茶叶专业合作社利用东水这一独特的资源优势，因地制宜，大力种植优质茶叶，走种植、加工、销售一体化经营道路。现已经在东水村委会的高山岭顶三斗种村的曲河、葵水尾村的尖峰岭以及龙溪村的龙坑大量种植。东水山茶，茶色透明，显嫩绿色。味道甘凉清香，具有生津、消滞、降血压、帮助消化和开胃等功效。2015 年 5 月，由南方日报社、省文联、华南农业大学和省民协联合举办的广东“十大茶乡”系列评选活动中，东水村和东水山茶分别获“十大茶乡”和“十大名茶”称号。

风俗迷人

这里民风淳朴，乡土风俗独特，而“春头社”则是本地隆重的一项传统习俗。每年立春日，村民都会聚集起来做“春头社”，组织做社的村民就是社头，一年做 5 次社，在村民心中，“春头社”的分量最重。其时，凡参加“做社”的人家都要派出一人（一般是一家之主，男人）共同帮忙杀猪、除毛、清洗、称重等，然后社头们把猪头、猪身用扁担挑到公灶上，下锅煮熟。与此同时，村民们用扁担挑着竹篮、盆钵、香烛之物，陆续汇聚而来，等着参加拜祭及分社粥、猪肉。

“社头们”把煮熟的猪肉和“社粥”抬到“公庙”，大家一起参加拜祭，祈求当年风调雨顺、五谷丰登、村民安康。祭拜完毕，社头们把大家担来的篮子、盆钵，放在地上排成行，按“社份”分配“社肉”及“社粥”依次放进每个篮子里。先分猪红，寓意是先分红，祝福大家今年都有好收成，接着称重，大约每户分到8两肉。分“社肉”时，猪肉要肥瘦搭配适当，猪头、猪脚、猪肝、猪肺等每份都要分配均匀，一般用秤称平均，分完“社肉”之后，大家把分到的“社肉”“社粥”欢欢喜喜担回家。

古村迷人

村名由来：新墟马车村位于新墟镇南面，距离镇政府约 4 公里，村域面积 2.1 平方公里。始建于明末清初年间，由儒洞蓝田陈氏分支迁来开基而成。相传陈氏开村先祖选择宅居地时，乘坐马车而来，马到此地竟然停蹄不走了，任凭主人如何驱赶，就是不肯再往前半步。于是先祖下车，察看地形环境，见此地处于一片平坦开阔的长形地带，东、南、西三面有沃土环绕，西面有一条缓缓南流的大河，是建村置业的好地方，当即选定此处为村址，取名马车村。

陈氏源流：马车村世居村民主要姓氏为陈姓。据儒洞《陈氏族谱》记载，明末清初，陈氏先祖陈其悟率其子由儒洞蓝田迁至本地开基繁衍。使用粤语阳江话和闽方言海话。宋仁宗时期，有陈瑚者官建隆守备，后因假道征荆南失败被贬，迁居福建莆田。瑚生九子，三子名烈。烈生圭，圭生吾仁、吾义。吾仁生兆。吾义生贾、亮、敬。兆生文、纪、纲。兆官县令，谪官后与纪、纲被贬至四川。文与族兄弟贾迁南雄府保昌县沙水村九龙井（又名九眼井）珠玑巷。文生二子：曰肅肅曰窮。肅官河南太守，生万山、风山。万山生辉、炜。辉字登，号凤台，宋进士，官拜谏议大夫，为官三朝，配邝氏，妾侯氏，有七子：漠、渲、漢、润、海、淘、沅。漠、渲、漢、海为进士出身，润、淘、沅乃秀才，各有功名，世称“七子流芳”。时至南宋，由于北方的元、金对南宋虎视眈眈，战乱频仍。1216 年，凤台向朝廷谏言“缓金伐元”，未被朝廷接纳，三子漢又被奸人迫害被贬。恐祸及族人，1217 年，凤台七子偕子侄 28 人南迁避祸，由南雄南迁至各处。

凤台与六子淘迁清远县城。凤台过世后，淘自变卖珠玑巷产业，复回福建莆田，娶妻聂氏，生子锦发、炎发。锦发官高凉刺史，炎发诰封阳侯。锦发赴任高凉，只留炎发在福建侍奉父母。宋末，金人大举入侵，直逼都城临安，屠戮乡民。为避战乱，炎发与族人合议入粤。1276年，炎发同父母及族人由陆路入粤，适逢锦发任满，携眷与炎发汇合，一同迁居溪头石港。同来族人也有迁电白吴川者。居石港期间，陈淘和聂氏相继去世，陈淘葬于石碇，聂氏葬于石港。尔后，锦发、炎发兄弟离开溪头，经上洋过儒洞，遵父辈嘱："逢冲则止，遇水而居"。故在儒洞车田河畔择地而居，该地后名陈村。锦发任高凉刺史时已娶伍氏，炎发直至此时才娶电白庄洞庄氏为妻。锦发子孙居儒洞大村、边海、后铺、文口海、寿场、成美园等村。炎发子孙居南洞、河洞、独洞、宫坡、鸭仔田和三教等村。

马车村今昔：至清代，炎发从儒洞独洞迁至马车村开居。炎发有七子：长植中，次杍中，三槿中五房后人职官未详。六房极中和七房機中子孙显赫：機中一门两太守，长子辉昌官安徽宁国府太守，次子四昌官四川省离番太守。辉昌和四昌各自在马车村建起了太守第，这两座堂皇宅第，大大地光耀了機中家族的门楣。六房极中家族，至清代也出了个陈玉生，官广西黎苗府守备。清光绪二十一年（1895 年），陈玉生辞官归故里，也在马车村建起了一个占地 4 公顷的大庄园，名闻遐迩。陈炎发选择在马车建村，就是因为那是块风水宝地—竹排地。竹排，就是用竹子做成的筏，能浮于水面，水涨筏高，喻越做越兴旺。马车这个村名就说明了村子的辉煌岁月。走进马车村，村头巷尾堆满了从当年豪宅里拆下来的大就是用竹子做成的筏，能浮于水面，水涨筏高，喻越做越兴旺。马车这个村名就说明了村子的辉煌岁月。走进马车村，村头巷尾堆满了从当年豪宅里拆下来的大石条，还有喂马的石槽。在辉昌太守第旧址附近，还躺着一对上马石 (石鼓)。这些，足见当年马车村豪宅的堂皇。村道上迎来送往，熙熙攘攘，车马络绎不绝的场景不难想象。但是，由于历史的原因，事过境迁，风光不再，太守第没有了，陈玉生的大庄园也被分解了，豪宅也拆毁了。尚存的两间宅第进麟第和玄姜第，也不知其主人及其历史原委了。

该村现存有特色的传统民居有残缺破败的拔第园，该庄园为陈昆龄（字玉生）所建。是一座方型大院落，占地面积 18000 多平方米，始建于清光绪年间。庄园四周有围墙，四角有炮楼。园内有房屋 108 间，由前厅、正房、后楼和后花园组成。庄园大门朝南，园内建筑奇伟复杂，回廊百转，曲径通幽。庄园大门设一道大闸，闸门西边是马房，共 20 多间。东侧是祖屋。大闸门进去 10 米是正屋大厅。穿过正屋，里面客厅、寝室、厂房、仓库、厨房、工人住房一应俱全。再往北进入 20 米是花园门口，穿过花园就是一座后楼，高三层，墙上有枪眼，居高临下，控制整座庄园。楼的二、三层是陈昆龄的寝室和会客室，楼的底层住兵，一边作监房。过了后楼便是花园，占地两公顷。园里有果林、花圃、假山、凉亭、荷池、蛙池。挖池塘时，还将挖出来的泥土在距后楼 20 丈处堆起一座小山，上筑琉璃亭。小山向荷塘一面筑八角亭。八角亭西去又有龙泉亭。三亭之中，数琉璃亭最小，约占 4 平方米。此亭是陈玉生每天清晨练功和他的妻妾游乐和休憩之处。20 世纪 50 年代初至 70 年代，拔第园损毁严重。现存正屋几间危房和后花园小山泥土一堆。

该村不可移动的文物有石鼓一对。相传该村清嘉庆年间，有两兄弟陈昌辉、陈泗辉同为举人，分别被封安徽安庆府太守和四川离番太守。卸任后还乡，兄弟合建太守府第名竹园。房屋建筑规模不下拔第园，房厅共计 108 间。整座院落檐廊回转，四通八达，青砖青瓦，坐东朝西，转大门朝南，是一座典型的古式大庄园建筑。竹园的门楼端挂一块木制名人赠匾，上书“文魁”二字，字体遒劲大气，秀丽典雅。大门两侧分放石鼓（上马石）一对，以示官阶等级。后来竹园被拆毁，仅剩残墙一堵和大门石鼓一对。

村中现存有三義庙、乌玉朝天大王庙等两座庙宇。三義庙，坐落于村头东北角，坐北朝南。此庙建于晚清时期，三开间二进深，砖木结构，曾二次重修。庙里供奉刘、关、张三位桃园结义的英雄豪杰神位。刘帝殿门口两侧书有“仁”“義”二字和对联“刘镇西陵关乘马匹扶清泰，帝迁东邑张投車轄助民安”。

逢年过节或有喜庆之事，村民必进香祭拜。每年春节演戏，必先敲锣打鼓，隆重地把庙内灵牌请到戏场，家家户户进香祭拜，燃放爆竹。

前景迷人

如今，这方水土乘着深化改革的春风正在进行华丽的变身。新型建材和精细化工产业园选址落户这里，总规划面积为 2 万亩，共分 3 期建设。落户的企业主要有：一是总投资 20 亿元的博德陶瓷，首期 3 条生产线已投产，全年产值达 4 亿元，产生收入 1700 万元；二是总投资 2.4 亿元的阳江建华管桩；另外，还有占地面积 120 亩、总投资 3 亿元的粤玻实业和占地 360 亩、总投资 5 亿元的 20 万吨 / 年度减线油深度精制项目。项目落地投产后，整个园区将具有一定的规模，将成为阳西新的经济增长点。除此之外，总投资约 1.7 亿元的阳江印山南药基地 20 兆瓦光伏发电项目也落户这方水土。园区的配套设施不断完善，宽 7.5 米、长 2.3 公里的工业大道已建成使用，圩河变电站也已建成供电，为工业园区提供了电力保障。

我们相信，新墟的明天必定是更加的光彩夺目，也必将绽放出更加耀眼迷人的魅力！

遗失在时光丛中的古村落——阳西大洲村

钟友梅

有一个村落，已被厚重的历史掩埋许久了；有一个村落，已被流变的时光冲刷褪色了……它就是大洲村！这个沉睡了很久很久的古老村落，缘于首批广东省古村落的认定，乘着广东省民间文化遗产抢救工程的春风，正在慢慢苏醒，散发着淡淡的历史文化的馨香。2008 年 9 月 16 日，大洲村作为阳江市的唯一代表从全省首批申报的 130 多个古村落中脱颖而出，荣获“广东省古村落”称号。

大洲村就位于阳西县织篢镇丹江河畔，属阳西县织篢镇大泉村委会管辖。村房屋坐西向东，依河而建，村面积约7000平方米。建村始祖何恬斋。清乾隆十六年（1751年）从阳江迁来织篢，在织篢圩上行街开福记油糖铺，以经营加工农副产品为主，在全国开设42间油糖铺，赚钱后何恬斋来大洲村买下大片土地，在河边建村，取名大洲村，又名大塱村，距今有240多年历史。百年文化给大洲村留下了深深的烙印。

水文化是大洲村古村落文化的灵魂。

大洲村前，是一个古池塘，水面开阔，犹如一弯新月，镶嵌在村子的面前。池塘前有大片的肥田沃野，远山如黛，稻浪千重，真乃含山水之精气，得天地之大观，好一派田园美景。大洲村后，是风光无限的织篢河。河上河下，绿树婆娑，水草繁茂，河中有几十种海底植物，还有罕见的各种咸淡水鱼类，使大洲村成为真正的鱼米之乡。

村前村后都有水，“为有源头活水来”，活水为财源，这大概是中国人千百年来水文化的体现，更是处理火灾、日常生活的需要。岭南像大洲村这样既有水文化，又有美丽田园风光，还有丰富海河生物的古村落的确为数不多。

建筑文化是大洲村古村落文化的基础。

大洲村保护较完整的是何氏祠堂。走进祠堂，只见祠堂门口的横额上刻有“恬斋公书屋”几个大字，字体庄重古朴，苍劲有力。祠堂建筑保护完整。外观檐角飞翘，青砖绿瓦，气派非凡。堂内三进院落结构，打理得相当干净，整齐地供奉着何氏列位祖先的灵位，何氏的子孙们年年节节都来这里祭拜。

走出祠堂，穿过古廊，再踏过一个门，眼前豁然开朗，一个宽阔的院子呈现在眼前，院子足有一个标准的足球场那么大，地面全用灰沙铺成。院子的上方是七屋相连的何氏大院，大屋结构完全一样，为三进院落、砖木结构。眼前七间大屋古朴庄重，古色古香，隐约透露出当年的非凡气势和何家的雄厚财力。

大洲村的建筑风格是城堡建筑和岭南风格建筑相结合。大洲村四角筑有炮楼，设三重拱卫，村四面筑有围墙，里面设跑马道，除正中住房外，村中还建无数厢房耳房、谷仓柴房等，供全族人共同使用，这样，村中既有各人的私有房产，又具有众多的公用建筑，村里建筑格局迫使大洲村村民必须世代团结，相互依靠。

商业文化是大洲村古村落文化的精髓。

商业奇才何恬斋，名甘泉，字若虚，恬斋是他的号，村人尊称他为何五公。他出生于阳江城，20 岁时只身下阳西，在织篢镇上行街买下一块地，建了两间大铺，叫作福记油糖铺（即后来的同盛、南盛）。福记油糖铺除了经营日常用品外，主要是从事生果类加工。何恬斋的商船走遍全国海岸，他利用自己特有的腌制技术，从各地低价收购生果回来进行加工，制成食品包装好后再销售出去。清朝中叶，织篢福记油糖铺在当时的广东闻名遐迩，其船队与各地商贸交往十分频繁。

何恬斋是位有文化、有远见的商人，他的商业致富之道有两条，一是诚信为本。从前经商的大部分都是奸人，所谓“无商不奸”，但何恬斋却不这么认为，他觉得经商应以诚信为本，才会越做越旺。因此他十分注重信用，讲求质量，薄利多销，受到顾客的广泛欢迎。当时福记油糖铺腌制的仁面、黄榄、豆豉、黄皮等，色鲜味美，上门订货的客户很多。何恬斋就以织篢为中心，将油糖铺扩展到阳江、恩平、电白、吴川等地。福记油糖铺鼎盛时，全省各地建有 42 家分店。

此外，何恬斋还在埠场、织箕、塘口开了 3 间当铺，生意都非常之红火。二是囤积居奇。据何氏族谱记载，何恬斋有三次囤积奇货赚到大钱。一次是海南有 6 艘船满载槟榔往天津，途径闸坡海域时遇台风驶入织箕躲避，但船还是遭台风损坏，进退两难，只好将槟榔低价卖给何恬斋。不料第二年海南岛遭遇强台风袭击，槟榔失收（清朝时，槟榔被列为贡品，也是男女婚庆的必备礼品）。何恬斋抓住时机，立即派出船队到全国各地兜售槟榔，获利好几百倍。又有一次，何恬斋从北方贩回大批枣子，但此后一连三年北方枣子歉收，何恬斋又一次轻易地赚了一笔大钱。还有一次各地发生大旱，何恬斋看准花生会歉收，及早从电白、沙朗、茂名等地购进大批的花生油。是岁花生果然奇缺，花生油的行情暴涨，何恬斋又以自己独到的眼光赚得盆满钵满。

何恬斋靠经商发家，长达几百年的农产品加工工艺一直保存到现在，驰名全国的蜜饯黄皮、蜜饯益智至今还是由何氏子孙生产。何恬斋在经商的同时，深受农耕文化的影响，兴农重教，以商促农，农商为本，重视读书。何恬斋及其后人还在何氏祠堂开了两个班，请当地有名望的宿儒教学。他们对子女读书要求很严格，讲究教学质量。何族几百年来，出人才无数。科举制度时共有举人和贡生 16 名。科举制度废除后，从这里走出去的有博士、硕士、工程师、医师，总数不少于 40 人，何氏家族人才撒满世界各地，为世界文明做出了杰出的贡献。

除此，大洲村还拥有众多的民间手工艺传人，他们以各种各样的方式活跃在社会各个阶层，为岭南的经济建设和文化建设，做出了杰出的贡献。

儿进大洲村

艾虎三

到阳西工作几年后，听说大洲村古香古色，我便独自来到大洲村。因为是一个人来，我可以轻轻摸摸那青石，以及青石上的一些苔藓。一个人慢慢走，慢慢想，听到的，看到的，都是大洲村自己原本想表达的，无掺杂。

没有导游，我就天马行空地想象。如果这是贾府，林黛玉该从哪个门口进呢？这大洲村跟顺德那边的何姓有没有关系呢？中国人喜欢根据《易经》布村扎寨，尤其是一些大户人家，只有顺乎古老的中国哲学，求得天时地利人和，方安宁。心情顺，谋丁谋财谋利自然手到擒来。那这里的布局如何体现《易经》的精髓呢？因为在家乡也看到不少古村落，颇具岭南特色。这大洲村哪些特色彰显它的身份呢？我穿着老布鞋，轻轻地踩着与岁月同荒的石板路，穿过一排排的青砖砌成的房屋，来到像四合院围起来的宽大院子。主屋前面对着的是一个平似镜面的半圆水塘，后面是郁郁葱葱的树林。中国人不喜穿堂风，不喜直冲。所以在主屋是不能直接看到池塘的，须从 4 个小角门口中的主人出入口出来，绕个弯，方能遇见清爽的莲叶荷花。我最喜欢的是，那锈得刚刚好的铜环门扣，那纹理清晰的木门，那翘上天空的檐角，还有可以奔跑的院子。这院子听过这里大户人家的心事，记着姑嫂间的叮咛，录着一场场宴席的觥筹交错……念着当时的种种，无处倾诉，只把故事，向着天空一一道来。

后来，陆续参加采风活动，跟着大部队几次进出大洲村，对它的了解也越来越多。认识了旅美华人何文华及其妻后，何先生常提起大洲村，每次加点细节，或者故事。去年，何先生携妻回乡，我又跟着他们重游了一次大洲村。

当看到大洲村正在打造旅游特色新农村时，何先生也很开心。八十高龄的他，出门总穿着笔直的西装，探乡返祖，行程紧密，却没有半点疲倦。他笑着说，哪间房是他住的，哪间房是他爸住的，他跟其他子弟先在自家书斋读书，后去外面读书，接着讲起他的曲折人生路。这些故事我听过，也写过，但在这里听到，还是感叹不已。当年，想继续深造学习不容易，东藏西躲，走投无路，只有远赴香港……想想，我们这辈，不管是谁，只要愿意，只要努力，都可以在广大的天空追寻自己的梦想，的确幸运很多。

有何先生的指引，我对大洲村的感觉也亲切了不少。对别人，这里可穿着旗袍、扇着薄扇，拍照或者冥想，赶赴一场历史的约会。对他，这就是老家，是他成长的地方，是亲情所寄，是重洋之外，梦牵魂绕的地方！我看着他在族人的陪同下，走过每间房，顺着门板的纹路轻轻地抚摸着，无限动容……

上洋大屋

黄赤影

与友人相约，我回到了阔别20多年的故乡——上洋镇。我的故乡是一个风景宜人的沿海小镇，依山傍海，视野开阔，故有“南海龙高相映趣，田畴万顷稻飘香”之说。这里的老宅享有盛名，上洋大屋就是其中历史遗存之一。

车开到大屋门前停下，只见庭门紧闭，屋顶青草苍苍，门可罗雀。从外面环视，大屋独倚池边，风凉水冷更显得孤独苍老；窗台、檐楣虽色泽陈旧，但图案依然隐约可鉴，它与脱干油漆的大门早已告别辉煌的岁月；外墙古榕树根如盘龙，皮若裂岩，像百岁老人，长须或探入墙内，或穿墙破壁与古墙相依相偎，百年的沧桑，它也学会以一种方式生存、展现；头顶的古榕，叶子正在举行一场告别仪式，一花一叶的回归禅释着生命的轮回，大屋是它们忠实的见证者；它在日月与风雨中乐看炊烟袅袅，铭记一批批进入又离开的游客，倾听百家灯火的故事；如今即使变成空巢老人，也仍屹立不倒，为寄居在檐下燕雀讲秋天的虚怀，燃烧余热，这何尝不是延续生命的又一种姿态呢?

历史起源

说到上洋大屋的起源，要追溯到清朝。上洋大屋曾是上洋赫赫有名的书院，创建者是上洋姚氏始祖伯周公，他是福建莆田姚氏九十六世天明公之裔孙，原籍福建省兴化府莆田县（现为莆田市）珠玑巷，宋朝进士，官至海南琼州知府。届满归乡，乘舟为风浪所阻，乃弃舟登陆，见此地山川灵秀，乃风水宝地，遂定居上洋、白石两村。据相关书籍记载，姚氏自南宋始，历经几朝数代，清乾隆年间至民国年间，上洋姚氏兴旺达到鼎盛时期，名官迭出，势力雄强，经济雄厚，第堂林立，大厦成群，上洋姚氏大屋称誉漠海，阳江民间有“上洋屋，雅韶圹，北惯巷”之口碑。时移世易，风雨沧桑，上洋大屋存留迄今，已历历可数，目前保存较完整的第堂有白石村的二兴大屋，上洋村的二尹第、参军第、宝光大厦、秋官第等，文中写及的大屋就是宝光大厦。

回溯往昔，在当时交通、经济、信息十分闭塞的年代，把一百多年前的西方文化带入上洋这样的小地方，并在这个山旮旯里建起这样气势恢宏、规模宏大的建筑实属不易，它需要起始人远大的眼光、足够的胆量和浓郁的爱乡情怀。如果不是先人们的超越思想和先进理念，这个边缘乡镇不知还要落后多少年。我们无不感谢我们的祖先，感谢他们的超脱与大爱之心，这是上洋人民的福荫。正是这样的文化底蕴孕育着世世代代的子子孙孙，他们既秉承着“承前祖德勤和俭，启后孙谋读与耕”的美德，用智慧充实上洋人文历史。身处其中，望着高大的城墙和被风雨尘土打黄的、花纹尚且清晰可见的罗马柱，内心无比自豪。我津津乐道地向同伴讲起孩童的往事：那个扎着牛角辫的小孩，正朝着巷道深处跑去，银铃般的笑声在院子回荡……大屋的庄严、神秘、幽静、古朴，它开阔了我的童年视野，深厚的文化底蕴熏陶一颗幼嫩的心灵，古典的美潜移默化于心间。

红色岁月

20 世纪 70 年代至 80 年代，上洋村姚宝光的大屋由私人大宅改造成上洋公社。公社四周建起围墙，独立成体，围墙门口处挂上用黑色沥青书写的“上洋公社”4 个大字，大院子内设有球场。大屋门口正上方的横额位置高高挂着庄严肃穆的国徽，那时这里就是上洋乡府重要之地。

小时候我跟随父母进入公社，父母去做工，而我如自由的小马，任意玩耍。每天早上和中午，公社的广播室准时响起，有规律的声音成为乡镇村民们的时间表；小小年纪对广播宣传的内容不了解，唯独喜爱听铿锵有力的革命歌曲，如《东方红》《我的祖国》《三大纪律八项注意》等早已烂熟于心。抚摸残旧的城墙，那时亢奋的声音仿佛在耳边萦绕，温暖童年的回忆。球场上民兵们在操练，他们身穿军装，手拿木枪，口中喊着整齐划一的口号，威风凛凛的形象吸引我的好奇。特别是遇到新兵入伍的时节，这里更是热闹非凡，几乎全区的人都来这里集合。

只见身穿新军装的哥哥们在锣鼓喧天的队伍中举行入伍仪式，鲜红的大花挂在胸前十分耀眼，他们在人们羡慕的目光中走上军车，在万众的欢呼声远去……红色与军绿色成了当时崇拜的色彩，赤诚、坚毅的形象留下了不可磨灭的童年印记。

从正门进入，大院左边有一幢两层的小洋楼。我指着小洋楼对同伴说，当时村干部的办公地点主要在这里。院子正中的大天井中央种有一棵葡萄树，花匠用白色水泥柱支起一个坚固的葡萄架，便于枝干攀爬。枝叶借着春光爬满枝头，茂盛婆娑的葡萄树如亭亭玉立的少女，装点了大屋的清幽肃穆，几分生气溢满单调枯燥的空间。这里夏天可乘凉、秋天可摘果；浓密的枝叶成了鸟雀们温暖的安乐窝、快乐的天堂；它们灵动的身影、清脆的鸣叫与楼上村干们开会的讨论声相映成趣。中午时分，狭长的巷子传来阵阵香味，香气如一条柔软的丝带飘向四周。沿着香味飘来的方向走去，就是村干们的食堂，工人们忙着榨油、搬运花生渣；炊事员忙着准备午饭，遇到他们正在铲饭，阿姨会挑起一块抹上盐巴的饭焦塞到我们的手中，我们边吃着饭焦边穿梭在九曲回肠般的巷道。每条巷道道道相通，在曲径通幽之处都有一方小天地，这方隐蔽的天地正好是我们孩童捉迷藏、自娱自乐的快乐场所。院子内每个角落都有大人忙碌的身影，父亲的身影常贴在青砖碧瓦上，每条红色的标语、黑白的字画都有他的缩影，扶梯、油漆桶和父亲构成一幅素洁的工笔画，那专注的眼神、谨慎的笔尖彰显一代人的奉献与忠诚。

如今，这些标语、字画还依稀可辨，醒目的字画既见证了时光和风雨，又见证了历史产物下那代人的生活形态。我和朋友认真读着过去的语句，抚摸坚实的青砖，无不感慨。大屋在会议、学习、宣传、讲播中潜移默化地影响了一代人，它为劳动生产为主的红色年代提供一个崭新的历史舞台。

文化传承

时代变迁，人民生活日新月异，地域的开发于20世纪90年代初已拉开了序幕。这时的公社也随之迁到新开发的地段，并更名为上洋镇人民政府。上洋大屋虽人去楼空，它的建筑特色却成为方圆百里的一大文化热点，其深远的历史文化和艺术特色是我们为之研究、保护和传承的精华。

上洋大屋融中西文化于一体。入口左边的小洋楼采用的是“巴洛克”艺术风格。据究，该文化产生于意大利，1600 年至 1750 年在欧洲盛行，该艺术富有浪漫主义色彩、极强的空间感和立体感，它被满腔热忱的远洋学者带回来，并建筑在故乡的热土上。民国期间，大部分人都是穿长衫、留辫子的，而在上洋这个边远小地方已经有人打破传统，剪掉辫子，改穿西装，在思想认识上超前发展。留洋学习西方文化，并把先进理念带回本土地方实践、弘扬，这是怎样的一腔爱国、恋乡情怀?

抬头仰望，西式洋楼每个楼道都设有拱形廊眉，走廊顶部每隔一段就有一个莲花状的图案，可能下面是挂马灯或者灯笼的（那时只有阳江县城才有电）。在白色和橙黄色彩的搭配下，尽显小洋楼的华贵富丽，与古典端庄的老式大屋形成鲜明的对比。右边的老式大屋也不甘示弱，尽显芳华。大屋很高，最高的屋檐大约 6 米，整体建筑呈“人”字形结构：青砖砌墙，酸枝木做梁柱，分正厅与侧厅。侧厅倚靠在正厅飞檐之下，整个屋群就是这样房房相连，像血脉相连的兄弟手足情深；屋中天井开阔，可聚阳光、汲雨露，是聚财纳福之地。大屋每处都精雕细琢，独具匠心：每个大厅门口正上方设有木窗格，既可采光又能通风透气；屋檐、主梁、窗台、飞角都别出心裁，或飞龙画壁，或花鸟虫鱼，或蟠桃盛会；小洋楼与大屋中西搭配，无不展现浪漫与古典的气质，尽显雍容华贵。

冬去春来，时过境迁。再次走进大屋，沉重而低沉的门声打破一屋久违的幽静，阵阵霉味触动来访者驿动的内心。脚踏石阶，看青苔任性地蔓延瓦楞，回忆过往与现在，激起无限怀想。友人说：“像这样有历史根源的建筑物不多了，应该好好保护。”是啊！他的话激起我深远的敬重与无尽的希冀：一代历史一代文化，岁月流转中的文化魅力将从这道推门声中打开岁月的封锁，推广流传。

东水村独特景观——南华大屋

陈英梅

阳西东水是著名的山村，这里的原生态自然风光美如画卷，山清水秀，翠竹成荫，茶香袅袅！生活在这里的村民善良淳朴，他们用自己勤劳的双手创造着越来越美好的生活，村容村貌都已旧貌换新颜，崭新的楼房栉比鳞次。然而其中有一个叫南华村的自然村庄，至今却还保留着200多年前的模样，而且，整个村庄从外面看起来只有一间大屋，古朴而独特。

南华村“隐藏”在翠竹掩映的半山腰上，若不是村委会干部带路，我们是很难找到这个“村庄”。或者说，若是不知情的人从屋前经过，也只会认为那只是一户人家，绝不会想到那是一个村庄。小汽车很吃力地从翠竹围拢的水泥山道爬上了半山腰，在一间房屋门前的平地上停了下来。环顾四周，除了青山翠竹环抱，眼前的房屋看似并没有什么特别之处，灰墙黑瓦，只是门口两侧那重重叠叠地贴着的对联很是醒目，尤其是门口上方贴着浓墨书写的“外翰第”有点与众不同。在门口的屋檐下，挂着一块带着锈迹的红色门牌，写着“新圩镇东水管区南华村”，这就是南华大屋。

南华大屋的外观造型和当地的一些老宅基本无异，但往里面一看，就觉得屋子是不同寻常的了！屋内是三进两天井的，从外面往里看，三道门口一道比一道高，而且每道门口同样都是重重叠叠地贴着对联。虽然现在的大屋已经“人去楼空”，只剩下几位老人在此居住，但那些对联却在默默地告诉人们，此乃人丁兴旺的老宅！

从门口往里走，才发现屋内是另有乾坤，每一步都有不同的天地。原来每进的天井左右两边除了厢房，竟然还有或宽或窄的巷道和阶梯斜坡，巷道两边又是一间间的房屋；阶梯下同样也是一间间独立的房屋，或并排，或门户相对，就和外面古老的街市一样，真是屋内有屋，屋中有天地！“阡陌相通，鸡犬相闻”，此情此景，让人想到了《桃花源记》。听说里面的房屋有九十多间呢，看上去都很陈旧，有的还是土坯墙，褐黄褐黄的，而屋顶则是清一色的灰黑灰黑的瓦片，在屋外青山绿竹的映照下，显得那样的幽静、古朴而又沧桑。站在二进的门楼里，我不经意地发现墙上挂着一面古老的铜锣，上面用红漆写着“山洪灾害预警专用”的字样，旁边还吊着一把锣锤。我不由得感叹，在信息科技高度发达的今天，或许也只有南华村还在用着如此古老传统的预警方式了。“问今是何世，乃不知有汉，无论魏晋。”淳朴的南华村人是与桃花源里的乡民一样，过着与世隔绝的生活吗？

穿梭在一间间的古屋门前，我忽然在想，生活在这同一屋门内的这一村子人，是得有着怎样的凝聚力才能祖祖辈辈和谐相处在这个小小的世界里，一代又一代地延续至今！我总觉得，与其说南华村是一个村，还不如说这是一个大家族！据说，两百多年前，南华村的祖先为避战乱带着家眷“隐居”到东水，家族日渐庞大，但却有土匪贼寇前来抢掠，为了保家护院，村民们便将屋子建成四面围墙状，只经一个门口出入，大屋就是这样渐渐建成的。光绪年间，村里有个叫李政民的因为勇战匪贼而被赐封为“翰林”，为了传承祖先的英勇才干和荣誉，南华村人至今都还保留着贴“外翰第”的传统。虽然现在村里各家各户都已迁居在外，但凡是家有喜事的，都会回到大屋里贴上喜联；而年轻人结婚，都会回到大屋里来行个礼。

从南华大屋出来，风和竹秀，鸟语花香，周围是那么的淳朴而清新！古老的南华大屋，是一个传奇，也是一种传承。

渡头二友楼

陈英梅

久闻沙扒镇渡头村有两座风格、造型、结构布局一模一样且里面有地道相通、当地村民把它们称为“二友楼”的古老建筑。金秋十月，随着“作家记者走进阳西美丽乡村”活动队伍，在村干部的陪同下，我终于得以走进二友楼，一睹“庐山真面目”，也感受到了一种热烈的革命情怀和伟大的民族气概！

那天，阳光灿烂，天空碧蓝，村干部带我们步行去参观二友楼。一路上，村干部就为我们讲述了二友楼的故事。原来，二友楼是革命旧址！楼房是由广东台山籍爱国商人黎月亮和刘步堂于1937年所建，至今已有82年的历史。当年楼主黎、刘二人是到渡头来投资开发盐业生意的，他们的海盐远销东南亚国家和香港等地。

抗战时期，满腔爱国热情的黎、刘二人主动与我党组织取得联系，利用他们运输上的便利条件，秘密为党组织收集抗战情报和购运军用物资，为革命胜利做出了巨大的贡献。新中国成立后，二友楼又成为沙扒国营盐场的办公场所，直至经济体制改革盐场解散之后，二友楼闲置至今。

在路旁的一处空地前，村干部指着前面两栋灰色的旧建筑告诉我们，那两栋就是“二友楼”。一眼望去，两栋建筑之间有50米左右的距离，其中一栋就在路边，完整可见，而另一栋，则是在绿树掩映之下，只见到楼顶。走近路边的那一栋，只见墙体斑驳，灰白中泛着黑色。从外面看，那是砖瓦结构的两层楼房，正门建有骑楼，骑楼下，有三道拱门，而靠路边那面，还建有阳台，整栋楼房显得古色古香。进入楼内，才发现内部的结构布局更加别出心裁，与众不同。从门口进入，就见一个四四方方的大天井，因为长期闲置，天井的四个墙角缝隙都长了绿色的苔藓和其他杂草，而正对门口的那个天井角，一盆老铁树长得郁郁葱葱。铁树丛中，还有一棵依着墙角生长的“参天大树”已经远远地高出了二楼的楼顶，很是壮观。天井的四周都建有拱形的走廊通道，楼上楼下，格局一样，站在二楼的走廊上，楼下的一切一目了然。有文友说，这房屋的风格很像恩平的碉楼，而最引人注目的是，正对门口的那面走廊还建有拱形的窗台，窗台内还装有螺纹状的石柱！虽然已经历了近百年的风雨侵蚀，石柱依旧完好光滑，足见当年主人家的殷实和气派！

走廊内侧都是大大小小的房间，有的大房间里面又连着个小房间，就好像现今的套房一样。屋内的楼板和楼梯都是木制的，虽然陈旧乌黑，但也依旧完好无损。在我们参观了各房间之后，村干部告诉了我们一个惊天秘密：在这座楼房里面，有一条地道直通到50米之外的那座楼房里！原来这两座楼房不但外表风格造型一样，内部更是紧密联系可以“暗度陈仓”的！外分内合，难怪，这叫二友楼！在大门口侧边的那个房间里，村干部指着一块水泥板对我们说，地道的入口就在那里。还说，他小时候经常和伙伴们打着火把从这间屋子进去从另外那间出来，只是后来为了安全起见，地道口用水泥板盖上了。

村干部的话令我的脑海中不断地闪现出一幕幕发生在二友楼里的紧张而秘密的斗争场景：我仿佛看到在昏暗的地道里，革命志士们紧张收集、转移军用物资的情景，还好像看到二位商人楼主镇定自若地掩护他们的风流倜傥的样子……我在想，当年来渡头村兴建二友楼的这两位楼主，他们该是胸怀怎样的爱国热情和民族大义，才会以这样慷慨的方式来贡献自己的那份力量！

历史的车轮滚滚向前进！如今，国强家富，乡村剧变，令人欣慰的是，饱经岁月沧桑的二友楼依然矗立在美丽的渡头村里，为我们讲述着那段光辉的历史和革命志士的故事，激励着我们知恩图报，振奋努力！

为“大中楼”正名

冯家庆

提及白水村，必然绕不开“大中楼”。这座高大的碉楼式建筑物，如一面巨大的黑色的屏风，矗立在村场之中。近年来，“大钟楼”被各类游记、志书摄入，频繁出现在各种报纸、杂志、网站，但“大钟楼”其实为“大中楼”，则是鲜有人知的了。

“大中楼”，肇建于民国期间，主人为冯文光。冯文光之父为冯应华。冯应华，字韶石，光绪十一年（1885年）乙酉科第十二名举人，官至刑部主事。冯文光继承父业，广置田产，家业不断壮大，渐成白水首富。其时社会环境动荡，附近龙高岭山脉常有匪患出没，故在村中建造起一座碉楼以自保，该碉楼也是粤西为数不多的碉楼式民居。大中楼的建造，汇集了外国不同时期不同风格的建筑艺术特色，一改粤西地区钟情于“镬耳屋”“锺墙屋”等典型广府民居建筑风格，丰富了粤西地区的建筑样式，是中国社会转型时期不可多得的主动接受外来文化的重要历史文化景观。

经实地测量，大中楼楼宽14米，深8.8米，占地面积123.2平方米，高28米。是阳江地区现存较高的古建筑之一。采用石条、砖、木结构。楼基用石条起底和加固，接首层墙体为灰沙夯土墙，不惧水火。二层以上外墙砌“丁”字形砖墙，墙厚约30厘米，除所用青砖质地异常坚硬外，砌砖用料也十分讲究，据传以石灰、红土、红糖、鸡蛋清等按一定比例混合而成，黏合力十分强劲。大中楼一共五层，一层最高，约 4 米，其余楼层高度依次按 20 厘米递减。四周墙上设有许多枪眼和瞭望窗。窗户比民居开口小，安装有铁栅和窗扇，外设铁板窗门。楼顶一角，建有突出悬挑的半封闭角堡，俗称“燕子窝”，角堡内开设了向前和向下的射击孔，可以居高临下地还击进村之敌。楼层内，一厅居中，两边各有一房间一楼梯，对称结构；每层都用巨木为梁架，上面铺设原木板。顶层楼梯间则盖瓦，瓦面再铺上方砖，用水泥压顶，异常稳固。底层设有地道通往楼外，便于被围困时与外界联系、出入等。

兴建之初，大中楼除主体建筑外，周边另配套建设有马厩、柴房、厨房、演武厅和场料作坊等附属建筑。附属建筑今已全部毁坏，踪迹难寻。原址上纷纷建起了现代民房，只有主楼仍保持完好。新中国成立后，该楼一直作为村的生产大队、管理区、村委会办公楼。20 世纪 90 年代，曾临时作为学校教学用房使用。

主楼大门正上方，第五层墙壁外挂一大钟，刻度为罗马数字。大钟高悬，为村民指示时刻。今大钟已毁，墙壁外罗马数字和大钟圆形外圈依然清晰可见。坊间称该楼为“白水钟楼”，或“白水大钟楼”，可见于各类出版物。村民口传，也多数误以为“大中楼”之“中”为“钟”，或与楼顶外墙的大钟有关。另据村中老人口述，“大中楼”主人冯文光为村中庙宇捐资铸造一口大钟，钟上刻有捐赠者姓名，这口大钟至今还在使用，“大中楼”被口语误传为“大钟楼”，或也与此有关。

据笔者调查，“大中楼”之“中”，有两种说法。其一，“大中楼”之“中”，乃取“中华民国”之“中”，屋主文光公为“中华民国”的候补国大代表，寄托了屋主的家国情怀。其二，“大中楼”之“中”，取的是“中等”之意，屋主认为自己所建大楼，规模属于中等之中较大的，取名“大中楼”。笔者认为前者更可信。

但笔者认为“大中楼”则是确凿无疑的，经笔者走访，多位村民证实，“大中楼”大门联为“大树千叶，中楼万年”，横额为“大中楼”，此可为确证。对联乃为该楼落成之时，请村中秀才冯绍瑜题写，以“大”“中”两字为联首语，取“开枝散叶，家宅兴旺；楼宇平安，千秋万代”之意，对仗工整，联意吉祥。

另，东汉开国名将冯异，今河南宝丰人，为人低调谦逊，往往论功行赏之时，冯异独自退避到树下，不居功自傲，故而人称“大树将军”。白水冯姓发源于河南，公认大树将军冯异为始祖，该联或还用典于此。纵览各地冯氏宗祠，“大树”为高频词，一方面寓意开枝散叶，另一方面也是上溯宗族源流。现今该门联虽没有保存下来，但据当年在公社供职的多名乡民证实，确实有此一联，而且门联无伪造的必要，应该可以采信。

从旁证推敲，“大中楼”为私宅，也断无命名为“钟楼”之理。“钟楼”和“鼓楼”合称钟鼓楼，是中国传统建筑之一，是中国古代主要用于报时的建筑。两者几乎是固定搭配。钟鸣，城门开启，万户活动；鼓响，城门关闭，实行宵禁。所谓“暮鼓晨钟”即来源于此。如若“中楼”为“钟楼”，则鼓楼安在？钟鼓楼有两种，一种建于宫廷内，一种建于城市中心地带。不管哪种，其公共属性都十分明显。它除报时外，还作为朝会时节制礼仪之用。据此，冯文光作为举人冯应华的儿子，书香门第，承袭皇恩，应该不会不知道这点基本常识，把自己的私宅命名为“钟楼”。据此，“钟楼”一名，确实也站不住脚。

“大中楼”楼顶确实置有大钟，在以前的动乱岁月，正常走表计时，白水村民在“大中楼”落成之后，皆以楼上之钟指示时间，安排生活作息，“大钟”深得民心。且楼体在当时显得规模庞大，村民将“大中楼”误作“大钟楼”，是十分自然的事情。而“大中楼”名中之“中”与“钟”同音，“大钟”较“大中”更合乎口语表达常理，“大中楼”在口传的过程中，被误传为“大钟楼”实属“顺理成章”，不误传反而奇怪了。

地壳运动的天然展示窗口

冯家庆

福湖村，坐落于南海边，上洋镇西南部，与挖仔、红坎头自然村相邻，与福湖岭隔海湾相望。明朝天顺年间，伍氏先祖公迁移到此建村，不久搬到其他地方居住，后再迁回此处安居，故取村名“复回村”。因当地“复”与“福”“回”与“湖”同音，后改村名为“福湖村”。明清时期，古驿道经过该村。

福湖村山海禀赋优异。村前有淡水河注入南海，淤出大片滩涂，滩涂上红树成林，风光秀美。海水、红树、鸟类、鱼虾蟹形成独特的生态群落，十分适宜发展生蚝养殖，或开发成高位池养鱼、养虾。村民在河边建成堤围，抬高水位，形成渔港，村民耕海船只全部在此停靠。村后是良田、坡地，主要农作物有水稻、西瓜、甘蔗、荔枝、龙眼等，还有部分村民搞养殖，养殖品种包括蜜蜂、三鸟、猪等。

该村有座“三官宫”庙宇，供奉神灵为三社镜主、三元三品菩萨。始建于清朝初期，重建于2014年。坐东北向西南，建筑面积约550平方米。重建庙宇按传统古建筑设计施工，砖瓦木结构，三间两进，两厢横屋，回廊天井并连。硬山顶，双耳墙，琉璃筒瓦，正厅采用穿斗与抬梁结合，形成梁架，气势恢宏。正脊两端有鳌鱼尾图纹，二进双龙压脊，门头天花有墙楣，屏封檐，雕刻吉祥图案。大门两侧有浮雕壁画，分别为“天姬送子”和“八仙过海”。大门口大理石圆柱顶梁，圆柱雕刻两条浮龙，大匠运斤，工艺精湛。

大庙门前，还有两棵树龄约500年的小叶榕，榕树上又寄生了其他的树种，使同一树干上长出多种不同的树叶，十分独特。树下安置了石桌石凳，还有乒乓球桌等娱乐设施。电视剧《火蓝刀锋》曾在此取景。

因村名而名的福湖岭，或因一项重大地理发现，成为一处重要旅游景点。2014年11月，国家自然科学基金委员会和中山大学、中国地质学会构造地质专业委员会、广东省地质学会联合主办的“大陆流变与大陆构造”会议在福湖岭进行现场研讨。专家们一致认为，福湖岭其实是濒临南海的一道断裂带，是我国已知出露最完好、现象最典型的岩石熔融和流变剖面。该剖面不但对于大陆的形成演化等地球科学基础理论问题的探索有重要科学价值，更是大陆天然流变学不可多得的研究场所，可作为大陆流变学长期研究的基地，与会专家向有关部门建议在此地建设国家地质公园。

以福湖岭为中心的岩岸和岛屿，面积约 1 平方公里，审定海拔高度为 138 米，有各种各样岩石熔融和流变现象。山坡上至今残留地层属前寒武纪的复理石建造，有不同程度变质，岩性以云母石英片岩为主，其下为各种类型混合岩，山脚岸边出露混合花岗岩，从上而下岩石类型的变化，完整地记录了距今 4.2—4.5 亿年前该区地壳 6—7 公里深度处发生的岩石熔融和岩浆流动过程。

福湖岭的外形像一头牛，故又称为牛岭。牛尾巴向着福湖村港口，与牛腿并看，其状又如大海灵龟，在守候着一方圣土，因此有“龟蛇守港口”的传说。该岭的东面有块像碗形的海滩，当地人称它为“碗仔岛”。这里海水清澈，是游泳的好地方。海边绿树成荫，凉风习习，空气清新，尽显大自然的生态美。沿“碗仔岛”向东，又是一座小山，人称“细头岭”，该岭的后面是松影婆娑的千亩松林，岭半腰有一个天然大石洞，这个洞就是闻名遐迩的“石厅间”。石厅间里面冬暖夏凉，周围遍布嶙峋怪石，形状各异，大自然的鬼斧神工让人惊叹。在石厅间门前可远眺广袤无垠的大海，海面上有渔船作业，往返穿梭。石厅间下面的礁石群，是垂钓的好地方，这里水深浪急，惊涛触礁，雪花四溅，轰鸣声沉雄悠远。

漫步禾仓环村路

冯家庆

黄什河与沈海高速的交角，此间有一个城堡式古村落，护城河环绕，巷道笔直，房屋规整，在绿树掩映下，炊烟袅袅，至今已经有500多年的历史了，那就是程村镇的禾仓村。一个微凉的夏日，我有幸随作家协会采风团到这个历史文化名村一游，收获满满。

说禾仓村是城堡式古村落一点也不为过。禾仓村选址于黄什河畔的一个大土岗，周围一马平川，本是易攻难守之地，但村民因势利导，智慧改造，生造一个易守难攻的城堡出来。据村里向导介绍，禾仓村兴建之初，村周遭设有三重防卫：第一重是环村而建的青砖城垣，高2米，大青砖、丁字墙，城门“更楼”留有炮眼，设更夫值夜，是可靠的人工军事防御工事；第二重是城墙外的“簕竹墙”，簕竹有刺，且质地坚如铁石，枝丫缠绕联结成“墙”，密不透风，为城堡提供天然守护；第三重，深挖护城河，宽20米，深3米，引黄什河水流入，上设吊桥供进出，使城堡固若金汤、安如磐石。古堡始建于明朝嘉靖中后叶，正是兵荒马乱的时候，安全感带来的是优越感和幸福感，如今太平盛世、岁月静好，重重防护反而不便出入，成为村民奔向小康的层层枷锁，早已被时代所抛弃。“簕竹墙”被岁月雨打风吹去，吊桥已经被水泥大马路取代，城墙也基本废弃，只有护城河绿水依然，其功能却不再是“护城”，而是“养鱼”，成为村民的重要收入来源了。

村中布局基本上沿袭原来的村貌风格，十条古巷，青砖路，百十间老屋矗立古巷两旁，南北走向，平行排列，坐北朝南，砖瓦木结构，杉木作梁、坚木作门，有木雕装饰。从西边往东边逐渐扩展。村中央开一口四方井，外圆内方，故此禾仓村又被雅称为“金钱地”。我们跟着向导，沿着村里的环村路缓步而行，一边是村里的新旧房子，一边是古老的波光潋滟的“护城河”，夹道古木参天，阳光斑驳，带来强烈的穿越感，或许这就是历史文化名村的独特气质吧。村中祠堂还保存十分完好，占地面积600平方米，三进三间，间接天井，回廊相连。砖瓦木结构，用料考究，檐头梁底，雕龙画凤，虽经岁月洗礼，尤见当日繁华。

向导介绍，禾仓古堡肇建者黄氏澄溪公，被公认为建村始祖。黄氏源远流长，发源华北燕山，因崇拜黄莺鸟，世称黄夷。夏朝，于河南黄水迁至汾川，建立黄国，子孙后代贯以黄姓。秦汉，大批黄姓族人迁移到湖北地区，逐渐形成江陵、江夏两个郡望。村中宗祠大门联：原本追江夏，家声振漠西，指明源流。至于澄溪公之父黄贵三郎入粤，应该是明初时候了。黄贵三郎常往来八甲与平冈咀之间经商，家业渐厚，建室于垌心岗，是为禾仓村肇建之始了。

在等级森严的时代，要建造一座城堡，除了有钱，还要有势，要有建城堡的资格。澄溪公之子文显公为明朝诰授奉政大夫、候选府同知，文显公之妻洪氏太诰封五品宜人。三代受朝廷封赏，享九千余石租田。黄贵三郎诰赠奉政大夫，谢氏太诰赠五品宜人；澄溪公诰封奉政大夫，蓝氏太诰赠五品宜人。一家显贵，地方望族，建造城堡，自然就顺理成章了。后来，附近塘口兴起周安堡、泰安堡、永安堡、定安堡、镇安堡和竹松书室等六座古堡建筑，与禾仓古堡交相辉映，形成粤西地区独特的古堡群落，是粤西古建筑的一道最亮丽的风景线。

关于建造城堡的经费来源问题，至今流传着一个“五鬼运财”的传说，可供参考。黄贵三郎之妻、黄澄溪之母谢氏温良敦厚，乐善好施。谢氏牧鸭于垌心岗，一地师饥渴求饮。谢氏殷勤供以饮食，地师以一穴相送，谢氏逝，葬于该穴。数年后，大雨，五人挑担而至，称是盐，求寄储。半月过去，不见人来，揭担视之，尽是白银，应验“五鬼运财”之说。黄澄溪便用这钱建了禾仓村。传说的来源，或是主人家藏富所需，或是守墓者教化向善，但足以说明这笔建造经费的庞大。

“仓廪实而知礼节，衣食足而知荣辱”，发达后的黄家，十分注重教育。村中祠堂成为祭祀的场所外，更重要的是承担了族中子弟的教育功能。由蒸尝出资，延师掌教，从蒙馆到大馆，从《千字文》《三字经》《幼学琼林》到《大学》《中庸》《诗经》。禾仓子弟人人受教育，个个有文化，成为远近闻名的文化之乡。

走在宽阔的环村路上，耳听向导将村落的历史娓娓道来，不由心生艳羡：在这样的村子长大、生活，是一件多么幸福的事情。

追寻美丽乡村——白石二兴大屋

陈瑜

犹记得那日荷花盛放，我与先生从阳西县城开车到上洋镇田园宾馆后花园观赏荷花，领略了“接天莲叶无穷碧，映日荷花别样红”的仙境。荷花池四周铺有长长的木桥，一座凉亭伫立在荷塘中央，浮上湖面的朵朵粉荷与白荷静卧清波展玉颜，枕水舒姿风摇曳。荷花在阳光的照耀下格外纯净出尘，与周围的绿野、蓝天、白云以及远处的龙高山脉相映成一幅田园水彩画，此景浑然天成，美不胜收，恰如仙女到人间，引得游人与摄影师为之驻足，流连忘返。我身着旗袍徜徉在荷花池畔，拍照臭美了一番后，带着依依不舍，前往附近白石村的二兴大屋。

大屋规模宏大，简朴大气，青砖青瓦，古朴古色。大屋周围种着一些花草，两棵大榕树在诉说着年轮。墙上与地面缀满暗绿色的苔藓，斑斓的白墙上刻画出深深的裂痕，木雕天花与家具残损变色，有些角落已是断壁残垣。大屋就如一位老人，虽年迈孱弱，但总有一种强大的力量在支撑着让它屹立不倒。眼前烟火萧条人迹少，满地青苔落叶残，雕花绿窗人未还的景致让我们倍为岁月感怀。好奇地走进大屋里面，这时一位八十多岁的老奶奶闻声而出，老人家虽年事已高，耳朵有点背，但精神矍铄，面慈目善，五官端正，娇小玲珑。她见到我俩来观赏大屋，马上热情地将大屋的历史，向我们娓娓道来。据说二兴大屋是由姚氏十四世祖龙德公出资所建，于清朝嘉庆十三年（1808 年）建成，迄今已有 200 多年历史，是当今上洋保存较完整的清朝宅院之一，大规模三坐落，建筑物多为砖瓦木石结构，有一个大门厅，两个书房厅，三个大天井，三个大客厅及六个大房间。东西两侧各有一排横屋，共有 36 个房间。东南西北四角建有小炮楼，屋顶可以让人四周走动，东西两边各有一条巷道并建有围墙，占地面积约 3000 平方米。大屋从建成起至今居住过七代人，但现在子孙们都出外面安居乐业了，只剩老奶奶一人驻守老屋，逢年过节时子孙们才回来欢聚和拜祭祖先。

看着老奶奶对古屋眷恋的眼神，我明白她一定是舍不得离开这座承载了她一生记忆的大屋，这里的一砖一瓦一定存有她的爱，她的情，她的喜怒哀乐，存有她一生最美好的时光……这里是她的根。

也许，这世上总有一些东西让人无法割舍，无法走出对它的思念；总有一些东西值得让人用一生去守望。因为它在，所以她会一直在……

桐油山，梦中的旖旎

陈仲琪

“人间四月芳菲尽，山寺桃花始盛开。长恨春归无觅处，不知转入此中来。”

春风扑面，雨丝撩人，阳春三月，一年中最生机勃勃的时光。周末闲暇之际，携带小孩重返桐油山踏青寻芳。

启车前往桐油山脚下，漫步石路，来到浸霁湾。桐油山，与阳江第一高峰、粤西第二高峰鹅凰嶂接壤，从山顶到山脚落差目测约五百米。山涧峡谷水流湍急，怪石嶙峋大小不一，神工鬼斧，两侧长满灌木，藤条如织，终年狐狸、野猪出没，更别说各种鸟昼夜鸣叫。站在峰峦上俯视，让人有一种“横看成岭侧成峰”的错觉。所谓浸霁湾，是山上一涧溪水淙淙流下，到此汇成一潭。此潭河床怪石嶙峋，其周围是树影婆娑，青翠的竹林，五颜六色的野花，清脆悦耳的鸟鸣声，置身其中，恍如隐世境地。

浸雾湾水清澈见底，一年四季凉爽如冰，仲春至中秋这段时节，各方游人纷沓而至。这时的浸雾湾正如18岁的闺女大方地展现它的无瑕完美，你可以说它婀娜多姿，可以说它钟灵毓秀，可以说它肤如凝脂，可以说它天生丽质，再多再美的词汇都不会显得夸张。无论小孩或大人，来到浸雾湾，都迫不及待地泡进它的怀抱。凉爽的山泉水缠绕着每一寸皮肤，迅速驱走暑热，让人头脑放松，心旷神怡。小鱼时不时调皮地亲吻着你的体肤，那酸痒的感觉妙不可言。泡在水里，无论内心是否浮躁、伤感、兴奋，都会安静入眠。喝一口浸泡在水里的饮料或啤酒，凉而不冰，滋润着心田。浸雾湾，泉水甘甜怡人，整个桐油村的饮用水都来自它的馈赠。男人小孩泡在水里不愿起来，女士们则负责在岸上生火煲粥、烧烤，烟火掺杂着肉香味。久居水泥房子，绝大多人都有崇尚自然的情怀，回归自然不一定得纯粹地身居乡村，而是在生活琐碎工作疲惫之时内心对自然的那股向往。落霞与水鸟齐飞，村民赶着牛群下山归去。无论是山坑螺，还是山泉水，还是山竹笋，还是满足感，游人都满载而归，浸霁湾以它的慷慨送别一拨拨的游人，在暮色中迎来静谧。

我们应该感谢桐油山的慷慨馈赠，淙淙流水，花草树木，飞鸟走兽，河虾小鱼，竹笋野果，正是它们成就了浸霁湾的丰富多彩。广厦万间，夜眠仅需六尺，家财万贯，日食不过三餐。任凭时光慢慢走远，认清明天的去向，不忘昨日的来处。桐油山，一个时不时出现在我们梦中的少女，带给我们无尽的眷恋。

古堡印象

陈仲琪

时至今日，古堡对于很多年轻人来说仍然陌生。

桐油古堡资料显示，清朝年间，塘口区，盗匪为患，民不聊生。当地群众为了防御盗贼骚乱，捐资在塘口河两岸建了周安、永安、泰安、定安、镇安五堡。五座城堡共占地3万余平方米，距今已有200多年历史。清朝中期后，政治腐败、社会动荡，阳西沿海海盗猖獗，山区更是集结了众多土匪，经常到塘口打家劫舍，抢劫杀人。古堡建成后，当地一旦遇到海盗，情况紧急时，立即将大门紧锁，门楣上暗设机关。如遇海盗攻击城堡门，就往外射箭和泼开水，边防御边还击。据说，因防卫森严，盗寇多次攻击古堡都徒劳而返。

走过200年沧桑岁月的古堡长满青苔，围墙依旧笃实，炮眼依旧可见。

11年前因为家访曾来此古堡一次，学生留的地址是皮垌村，村民告诉我她家在古堡里面，我惊讶不已，古堡还能居住吗？带着惊愕沿着田埂走进仅能通过小汽车的古堡门口，却发现里面别具洞天。映入眼帘的古堡内部呈正方形，宛如一块大豆腐，四五间房子相互偎依，有砖瓦房，也有钢筋水泥房子。地上晾晒着稻谷、豆子，白菜干串在竹篙上面，五谷杂粮应有尽有。龙眼，波罗蜜，沉甸甸地挂满树。古堡外面良田百亩，阳光倾泻在青翠的禾苗上面，一碧千里，令人情不自禁地想起“开轩面场圃，把酒话桑麻”的诗句。学生正在地上玩耍，看到我似乎既开心又惊讶。听到声响，家长笑眯眯地从屋子里走出来，热情好客。十多年过去，现在只有两间水泥房子完好，那些砖瓦的都倒塌了，到处野草丛生，不见小孩玩耍，只有一位老人家坐在古堡出口热情地跟我打招呼。

与镇安堡相距数百米之外的竹松书室，借着红色旅游开发东风迎来了春天。建于清宣统年间的竹松书室原用来办私塾，形似古堡，占地约1200平方米，内有祠堂、古井、炮楼，正门一副雕刻对联隐约可见，“竹前君子操，松寿大夫风”。私塾，估计40岁以下的人没有什么概念更没有见过，但是相信不久很快会得以重现。村民介绍，村里的老革命人士已经成功申请，即将把竹松书室打造为红色旅游景点，还原书室原貌，把以前的古书籍、古物摆设供观光。缅怀峥嵘岁月，不忘昨日情怀，既是对先辈的敬畏，更是对后辈的告诫，忆苦思甜。

后记

HOU JI

深情凝望的村庄

何婉苑

村庄是很多人童年的记忆，是中年的乡愁，是老了的落叶归根，是生生世世的惦念，是永远的眷恋！

我不知道有多少人像我一样，在很多年前，是努力从村庄“逃离”的那个！

长久以来，我都忘不了童年、少年乃至青年时期村庄的贫瘠，忘不了又苦又累又重“膊头担烂脚行穿”的农活，忘不了祖祖辈辈对下一代“跳出农门”的期望……

是的！农村、农业、农民，千百年来，是一部沉甸甸的、沧桑的历史！

然而，历史的车轮滚滚，这个伟大的时代，掀开了农村、农业、农民全新的一页——新农村建设、美丽乡村建设、振兴乡村战略……

“全面建成小康社会，一个也不能少！”“共同富裕路上，一个也不能掉队！”“我们将举全党全国之力，坚决完成脱贫攻坚任务，确保兑现我们的承诺！”

多么庄严的承诺、多么振奋人心的承诺、多么美好的承诺！

为了这样一个承诺，他们日夜兼程、闻鸡起舞、撸起袖子加油干。

为了这样一个承诺，扶贫干部来了！三年三年又三年，一批一批又一批，带着使命带着责任带着担当，从大都市而来，战胜环境的艰苦、战胜远离亲人的孤独、战胜语言不通的障碍……为了这样一个承诺，乡贤们回来了！响应政府号召，紧跟“扶贫大军”的步伐，修建村道、巷道、灯光球场、文化室、阅览室，敬老、助学……有钱出钱、有力出力，以实际行动演绎桑梓深情；为了这样一个承诺，大学生们回来了！他们的名字叫“村官”，他们把青春、智慧和梦想给了村庄；为了这样一个承诺，艺术家们回来了！他们拿起手中的笔，给村庄描绘最美的画卷，建设起乡村艺术馆、书画馆；为了这样一个承诺，外嫁女也回来了！她们穿上旗袍，娉娉婷婷走过村庄美丽的田野，带回女儿的孝心、带回文艺活动、带回建设村庄的资金……

村庄！村庄终于沸腾起来了！

“文化文艺工作者要走进实践深处，观照人民生活，表达人民心声，用心用情用功抒写人民、描绘人民、歌唱人民……为时代画像、立传、明德……”这是习近平总书记对文艺工作者的殷切寄语。

责任与情怀！两年来，阳西县文联、阳西县作家协会多次组织会员，不断增强脚力、眼力、脑力、笔力，走进人民群众中、走进阳西的山山水水、走进阳西美丽乡村……

我们看到了村庄正在进行着神话般的美丽蜕变：曾经坑坑洼洼的泥路变成亮堂干净的硬底化，生活垃圾有了专人收集，污水得到有效治理；干净卫生的公厕，得到升级改造的电网、网络……“三清理、三拆除、三整治”后，村庄干净整洁、空气清新、四季花开、绿波荡漾、绿色盎然；很多村庄还通了自来水、建有生化池、配有党建主题公园或休闲公园，实现了绿化、美化、亮化、文化……如溪头镇的元州岭村，成了“古风唱画”省级新农村示范村，走进村庄就像走进一幅画；在村子里穿行，就像在画中行走；新建的林德宏艺术馆更是为乡村文化注入了新活力，让村民在家门口就能欣赏艺术作品。不少村庄还在向乡村旅游发展。如织篢镇大塘尾村打造的蓝天桃园休闲旅游景点，2019 年春节对外开放，桃花、樱花、梅花等姹紫嫣红，竞相开放，一批又一批阳西、阳江本土甚至外地游客闻风而来，让该村有了第一笔“旅游产业分红”。而眼下正在代表阳江两个村之一参加省《乡村振兴大擂台》的广东“最富”渔村鸡乸塘，呈现眼前的是那宽敞的长长的进村大道、那一排排整齐划一豪华气派的别墅、那每天都在变美的乡村旅游景区……

“产业兴旺、生态宜居、乡风文明、治理有效、生活富裕”“看得见山，望得见水，记得住乡愁”……村庄可以这样的美丽、美好！村庄可以如此的富足、诗意！走进阳西美丽乡村，我们一次又一次地为乡村的美丽赞叹，为这个伟大的时代感怀！

而每一次走进别人的村庄，我都会感到特别的亲切。看到别人的村庄更加美丽了，村民又增产增收特别是有了新的产业收入了，我都会由衷地欣慰和莫名地感动！走出半生，乡愁早已让我这个当年“逃离”了村庄的“游子”把天下村庄都看作了“吾村”！天下村安，吾村即安！

村庄，我惦念的村庄，我久违了的村庄！我亲眼看到村庄命运的改变！我亲眼看到很大一个群体不断提升的幸福指数……多少年来的牵挂！一任热泪奔涌……

是的！村庄不再苦难，村庄不再贫穷，村庄不再荒芜，村庄不再沧桑！村庄有了最好的名字——美丽乡村！

“片云凝不散，遥挂望乡愁。”而我们，有了最美的乡愁！

为了记录！为了铭记！《走进阳西美丽乡村》一书，分为“红色党建”“美丽绽放”和“保护开发”三部分。我们多想把每一个美丽乡村都选上！但各种原因，只能尽量选取“五星”乡村中的乡村。

美丽乡村建设呈现的是“现在进行时”，不断变化着、美丽着。我们在采写过程中也只能“与时俱进”。尤其是图片，没有最新最美，只有更新更美。为此，我们不得不一次又一次地专程拍摄。特别感谢主办单位：阳西县文联、阳西县作家协会；协办单位：阳西县农业农村局、阳西县融媒体中心；鸣谢单位：阳西县织篢镇人民政府、阳西县程村镇人民政府、阳西县溪头镇人民政府、阳西县上洋镇人民政府、阳西县沙扒镇人民政府、阳西县儒洞镇人民政府、阳西县塘口镇人民政府、阳西县新墟镇人民政府、阳西县摄影家协会的大力支持！

“人民对美好生活的向往，就是我们的奋斗目标……”

我们时刻准备着，为阳西美丽乡村的再次华丽转身做好见证。